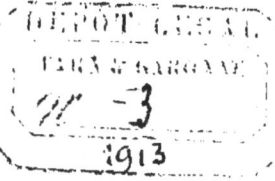
DÉPOT LÉGAL
TARN & GARONNE
N° 3
1913

ACUITE SAGITTAS

Bernard REVERDI

Flèches

de

l'Ame

IMPLETE PHARETRAS

A TRAVERS

LES NUAGES ET LES OMBRES

DE LA VIE HUMAINE

TOME II

Prix : **1 fr. 50**

MONTAUBAN (T.-&-G.)

Jules PRUNET, Imprimeur-Editeur

1911

Flèches de l'Ame

Bernard REVERDI

ACUITE SAGITTAS

IMPLETE PHARETRAS

Flèches

de

l'Ame

A TRAVERS

LES NUAGES ET LES OMBRES

DE LA VIE HUMAINE

TOME II

Prix : **1** fr. **50**

MONTAUBAN (T.-&-G.)

Jules PRUNET, Imprimeur-Editeur

1911

DÉDICACE

~~~~~~~

A l'ami le meilleur et le plus fidèle
de mes douces années d'enfance.

E. TOMEDE,
INGÉNIEUR EN RETRAITE.

Partis du même point pour atteindre le but,
    Diverses sont les routes !
    Mais il faudrait que toutes
Après tours et détours nous mènent au salut.

Je voudrais dégager, à l'aide de mon luth,
    L'esprit, le cœur des croûtes
    Qu'avec moi tu redoutes,
Et, de l'humaine vie, établir le statut.

Puissent donc ces sonnets que j'appelle des Flèches
Faire dans les erreurs larges, profondes brèches,
    Grâce à la Vérité !

A l'ami de toujours, j'en fais d'abord hommage,
Que pour mes chers lecteurs, ils soient aussi le mage
    De ma sincérité !

~~~~~~~~~~~~

PRÉFACE

A mes lecteurs

Pourquoi mon titre et des sonnets toujours ?

La lyre, aux cordes immortelles, qui chantera sans fin à travers les obscurités de la vie et jusques dans les splendeurs éternelles, n'est-ce pas l'âme, ce Souffle Divin dont le Créateur anima un peu de boue devenue humaine, qui, sans Lui, fût restée sans vie, insensible et muette ?

Toutes les aspirations supérieures trouvent dans l'âme leur puissant et lumineux interprète, tant qu'elle n'est pas réduite en servitude par le mal qui la dégrade et l'erreur qui la fausse.

Ses protestations, ses résistances en face des tentatives d'asservissement de l'enfer et de ses suppôts sont les Flèches qu'elle décoche contre des ennemis qui, ne pouvant la tuer, voudraient l'enchaîner, comme l'Antiquité brutale, au char de leurs triomphes éphémères, pour l'y alimenter de leurs poisons.

C'étaient des âmes qui, au temps des persécutions, jetaient au visage haineux des bourreaux des cris de vérité courageuse confondant la terre, et dont l'éclat illumine encore les horizons du ciel, vers lesquels s'élancent les grands caractères.

C'est dans l'âme que la vraie poésie trouve ses meilleurs et plus fidèles échos ; ce n'est plus alors un fruit d'imagination ou de rêve, mais le lien survivant à toutes les corruptions et rattachant l'Etre Humain à Dieu par l'intelligence, la volonté et l'amour.

C'est pour cela qu'on a pu dire de Maurice de Guérin qu'il fut poète, jusques dans ses lettres et son journal, parce que la poésie digne de ce nom est « *une effusion de l'âme, la notation de tous ses mou-* « *vements intérieurs, la vibration cadencée et colorée* « *de tout le retentissement qu'éveillent en Elle les* « *frissons et les rumeurs de la vie extérieure, la voix* « *des souffles et des feux changeants de la lumière* » écrivait-on naguère à son sujet.

Il y a, chers lecteurs, dans cette peinture toute la vérité de mes impressions : on écrit comme l'on pense, de même que les rayons accusent la nature du foyer dont ils s'échappent !

Voilà pourquoi j'ai cru bien faire en appelant *Flèches de l'âme* ce recueil de sonnets de forme brève et rapide, afin de les opposer comme des traits à la mentalité toujours plus basse et plus lourde que les vues et les goûts du jour révèlent.

Rien d'étonnant qu'un poète contemporain ait pu

donner à son œuvre poétique fort élevée, ce titre :
« *Une âme écrite !* »

Aussi pâles et faibles soient-elles, ces Flèches, puissiez-vous, vous qui me lisez, tendre l'arc avec moi et les accompagner de vos propres convictions pour suppléer à ce qui leur manque d'éclat, de force et de puissance, afin que nous planions ensemble avec Elles au-dessus des obscurs nuages et des vaines ombres de la vie, où le jour baisse de plus en plus, disparaît dans la nuit de l'erreur, offerte, imposée à l'âme, à ses généreux désirs, à ses pures et ardentes espérances par la tourbe de l'impiété et de l'anarchie ivre de ses succès !

La lyre que ne brise pas la mort

Nous vivons par l'Esprit plus haut que la matière ;
Elle, ne connaît pas la main qui la conduit,
Lui, nous élève à Dieu dont on a fait litière,
Arrachant notre vie aux ombres de la nuit.

Ce n'est qu'en ce foyer qu'on trouve la lumière ;
Tout autre, par ses feux nous tourmente, nous nuit,
Nous perd, nous détournant de la Cause Première,
Car, en dehors de Dieu, le néant on poursuit.

Lyre intime, ô mon âme, aux cordes immortelles,
Préludant à tes chants aux splendeurs éternelles
Répète ce désir, à toute heure et sans fin :

Laissez-moi m'envoler comme les hirondelles
Vers le printemps, en fleurs, à tire d'ailes,
Chantant la Vérité sous le souffle divin.

Existence de l'âme

Dire : l'âme n'est pas ! c'est plus qu'impiété
Pour la Foi, c'est non-sens pour celui qui raisonne ;
L'âme s'affirme en nous par le Moi, la Personne
Sans que nous invoquions l'appui de la piété.

L'homme seul pense, veut, et vit en société,
Quand il agit, il sait que sa volonté sonne
Un ordre vers le but où son âme moissonne ;
Les actes réfléchis sont sa propriété.

Autant vaudrait nier sur la riche nature
Le soleil bienfaisant et sa température
Que l'âme et ses effets en notre humanité.

Laissons à l'animal instincts, lois nécessaires,
Car même avec le poids de nos lourdes misères
L'âme libre est unie à la Divinité.

Nature et aspirations de l'âme

L'âme, reflet divin de notre Créateur,
Qui nous donne avec Lui les traits de ressemblance
De liberté, d'amour, d'esprit, de connaissance,
Ne cesse d'aspirer vers son libérateur.

Nuages, ombres, vide, ont, du fascinateur,
Pour les yeux éblouis, l'éclat et la puissance ;
Mais l'âme ne s'éprend jamais d'insuffisance,
Bagatelles, néant, ont un aspect menteur.

Son immortalité, vers l'Eternel l'attire ;
En face des tyrans, elle vole au martyre ;
Les dupeurs, par sa foi, sont vaincus, écartés.

Quel objet, ici-bas, pourrait mettre en balance
Ce désir dévorant sur lequel on s'élance,
Certains de parvenir aux divines clartés.

La vieillesse et les ruines

Rien qui soit plus affreux que les ruines !
Leur chaos n'a que les reflets de mort,
D'un passé disparu, formes mesquines,
De la Grandeur dont l'ombre est le support.

L'éclat n'est plus... la ronce damasquine
De ses dessins, la fin de tout effort...
Le marbre avec la mousse s'acoquine,
Elle si faible aura raison du fort.

L'homme épuisé par la dure vieillesse,
Voit-il ainsi s'effacer sa jeunesse ?
Des vieux débris n'aurait-il que l'aspect ?

Le corps s'en va, mais il nous reste l'âme ;
Sans son fourreau cette immortelle lame
Brille bien mieux, inspire le respect.

Douloureuse visite au pays natal

Depuis longtemps, j'étais attiré vers Moissac.
C'est là que je naquis; j'y passai ma jeunesse
A l'ombre des autels où l'Esprit de Sagesse
Guidait mes premiers pas : Un rêve en un Hamac !

Ces lieux chers à mon cœur ont été mis à sac ;
Mon Petit Séminaire inspire la tristesse,
Tout est fermé, muet, la mort en est l'hôtesse.
L'herbe croît dans les cours, grâce aux lois de Jarnac.

J'eusse entendu des cris de bonheur et de joie,
Si la Sainte Maison n'eût pas été la proie
Des Vandales nouveaux; ils ont tout défloré !

Mes yeux, à cet aspect, se sont remplis de larmes.
Au passé reposant, l'avenir, ses alarmes
Opposent un sépulcre au regard éploré !

Fête de saint Bernard en 1910

Salut à saint Bernard, mon illustre patron !
Sa vertu s'imposait aux Souverains-Pontifes,
Aux empereurs, aux rois, aux princes, aux califes ;
Pareille autorité n'était pas d'un poltron.

D'autres l'ont empruntée à l'aigreur du citron,
Ou bien au roi Lion à la puissante griffe ;
Lui, dans sa sainteté, qui n'est point apocryphe,
Manquant à tant de noms à l'éclatant plastron.

La force et la douceur accomplirent ce rôle ;
N'usant pas seulement du bruit de la parole,
A l'exemple du Maître, agit son cœur de feu.

Qu'il mette en nos esprits en ce beau jour de fête,
A l'enfer, à l'erreur, de pouvoir tenir tête ;
Qu'il donne au cœur changeant d'être fidèle à Dieu.

Rien ne légitime le mal !

Même dans son triomphe, applaudie, encensée,
Toute corruption inspire le dégoût,
Parce que la raison, à moins d'être insensée,
S'écrie avec mépris : c'est sorti de l'égoût !

Les rêves scélérats, à l'honnête pensée
Ne conviendront jamais. Par un impur bagout,
L'oreille délicate est salie, offensée ;
Aux chauds rayons du bien tout cela se dissout.

Etendu dans son sang, sur le champ de bataille,
Le soldat mort martyr, vrai héros par la taille
Reste plus haut qu'un lâche, à fuir, tout plein d'ardeur.

Les splendeurs de la vie escorteront la marche
De la vertu, toujours ! Seules formeront l'arche
Du vice dégradant : ténèbres et laideur !

Ne portons pas envie aux autres

Je ne voudrais changer ma vie avec personne !
Ce n'est pas qu'elle soit de première valeur ;
Sur vous, comme sur moi, fondant comme un voleur,
La mort n'avertit point du jour où le glas sonne.

Elle ne sût jamais voyelles, ni consonnes ;
Sourde, aveugle, muette, insensible aux douleurs ;
En vain nous lui montrons les plus riches couleurs
De l'or ou de l'argent, des titres, des couronnes.

L'impitoyable mort devant tous nous faucher,
A quoi bon dans les arts, les honneurs s'embaucher,
Puisqu'au dernier moment on ne peut tenir tête !

Contents de ce qu'on a, l'ayant reçu de Dieu,
N'ayons pas le désir de changer de milieu ;
Chaque âme a son chemin vers l'éternelle fête.

XXVme Pèlerinage à Pibrac

Depuis un quart de siècle, au nid d'humilité
Où, Germaine Cousin, la gloire de Dieu gère
Bien qu'elle n'ait que rang de très humble bergère,
On nous voit revenir avec fidélité !

Tandis que les grandeurs n'ont que fragilité,
Que leur brillant d'un jour n'est qu'ombre passagère ;
Ton immortel printemps, céleste messagère,
Voit finir tout orgueil dans la stérilité !

Combien cette leçon de vérités enseigne !
Que dans le cœur humain, feux follets elle éteigne,
Ne laissant après eux que des tombeaux obscurs.

Ainsi que le ruisseau qui doucement s'écoule,
Allant vers l'Océan, vivons loin de la foule,
Fixons les yeux au ciel, Océan aux ports sûrs !

Espoir quand même !

Le droit et la raison seront les derniers maîtres
En dépit de la force et de ses attentats.
Nous avons vu tomber tyrans et potentats ;
Oui, comme les éclairs, disparaissent les traîtres !

Il faut donc espérer, vous fidèles, vous prêtres,
En l'Eglise de Dieu, survivant aux Etats
Qui l'ont persécutée en vain sans résultats ;
On lui ferme la porte, elle use des fenêtres !

Elle tient du Sauveur cette forte leçon :
Porte clause, Il entra ; c'est de cette façon
Qu'il fut continué par ses vaillants apôtres.

La Raison et la Foi garderont ce pouvoir ;
En ce vingtième siècle, on devrait le savoir,
Plutôt que d'ajouter leurs ruines aux autres !

Nous embarrassons bientôt

Rien qui soit plus gênant que les placides morts !
À peine ont-ils fermé les yeux à la lumière
Qu'on règle leur départ, c'est la loi coutumière,
Semblant redouter d'eux des menaces, des sorts.

À la mairie, on va vite faire un rapport
Pour que, le lendemain, sorte de la chaumière
Ainsi que des palais, et dès l'heure première
Le mort, dont est signé le légal passeport.

On s'empresse à jeter la dépouille mortelle
Dans un tombeau ; sous terre on la met en tutelle,
Mais on se garde bien d'y joindre le trésor.

L'argent n'a pas d'odeur, il enchante la vue ;
Vers les coins et recoins parents prennent l'essor ;
Le mort n'est pas parti qu'on passe la revue.

Les jugements du monde

Les jugements humains ont, la plupart, pour base,
Passions, intérêts et souvent lâcheté,
Malice, jalousie ; on sent que c'est la vase
Que la vengeance agite avec méchanceté.

Lorsque sur le prochain on s'entretient, on jase,
On remue à plaisir plutôt la saleté
Que mérites acquis, qu'on salit, qu'on écrase
Sous des mots dont l'effet vise à l'habileté.

Ne faisons aucun cas des langues qui babillent,
Car ceux qui de haillons leurs semblables habillent
S'efforcent de parer leur propre vanité.

Ces juges d'ici-bas n'ont rien de pur, de digne ;
C'est l'œil de Dieu qui voit et c'est sa main qui signe
Nos dossiers, sans appel, prêts dans l'éternité.

Fête des deux Nativités

Quand la Nativité de la Vierge Marie
Fut célébrée au ciel par les anges de Dieu,
Sur la terre tomba le doux rayon de feu,
D'espérance, d'amour, pour l'humaine avarie.

La tige de Jessé nous apparaît fleurie
Du Rédempteur promis aux âmes en tout lieu ;
Fouillez tout l'univers, il n'est point de milieu
Qui donne cet écho : pour nous source tarie !

Du Fruit Divin naissant de son sein virginal,
Nous recevons toujours l'effet médicinal;
En chaque âme l'on voit ce merveilleux mystère.

Oui, l'âme peut renaître après multiple mort,
Grâce aux mérites saints. Au ciel est notre port
Par la Nativité du Fils et de la Mère.

Ma retraite en 1910

J'ai goûté le repos en ce temps de Retraite,
Eloigné d'une mer où, l'incessant effort,
Lutte contre les flots. C'était relâche au port
Où, des devoirs sacrés avec Dieu l'âme traîte.

Pendant ces jours bénis, on désire, on regrette ;
On y parle à la fois et de vie et de mort
Avant que notre Juge ait fixé notre sort ;
Repentants, en son Cœur, à ses pieds, l'on se jette !

Et lorsque revenus, retrempés dans la Foi,
Dans la sainte espérance et l'amour de la loi,
Avec un grand courage, on revêt son armure,

L'on est prêts à lutter pour de nouveaux combats.
N'espérant que le ciel, les bons, les vrais soldats
S'immolent noblement, sans crainte, ni murmure !

A un prêtre après l'avoir administré

Les prêtres du Seigneur sont une citadelle
Où furent renfermés les pouvoirs, les trésors
Des mérites divins éclipsant les décors
Que l'orgueil des mortels, grandeur, noblesse appelle...

Que de fois l'on te vit, comme les hirondelles
Annonçant le printemps, dire : Prend ton essor,
Ame, dont le rachat et le confiteor
T'assurent de monter au ciel, à tire d'ailes !

De la main à la main, nous passons le flambeau
De foi, de vérité, qui donne un jour si beau
Aux âmes cheminant vers les cieux, la Patrie !

Dans l'éternel repos, t'attendent les élus ;
Les moyens de salut comme eux tu les voulus,
Prêtre, qui vas quitter cette terre flétrie.

Rencontre en la fête
de N.-D. des Sept-Douleurs

Se rencontrer dans le plaisir,
Pour l'être humain, oh! le beau rêve!
Dans un nuage il nous élève
Si haut, qu'on ne peut nous saisir.

Si, la douleur, sans la choisir ;
Plus qu'elle tu manques de sève,
Plaisir que le moindre vent crève;
Elle t'éteint, jusqu'au désir.

Que la douleur donc nous nourrisse;
Que notre vie elle mûrisse
Pour donner des fruits immortels.

A l'autel de la Bonne Vierge
Des Sept Douleurs, prière est cierge
Sur nos travaux, pour qu'ils soient tels !

En la fête de N.-D. des Sept-Douleurs

Sont-ils fous les chrétiens, ils chantent les douleurs
Aux cris désespérés ! Ce chancre qui nous ronge,
Qui nous pousse au suicide et fait verser des pleurs,
Que boit l'humanité, comme boit l'eau, l'éponge.

Quels faux raisonnements font ces esprits railleurs,
Ils ignorent jusqu'où ce grand cri se prolonge ;
La douleur sur la terre a fait germer des fleurs,
Qui, dans l'éternité, condamnent ce mensonge.

C'est l'Homme de Douleur, c'est Jésus sur la croix,
Qui du crucifiement pour nous sauver fit choix ;
A son ombre, ont fleuri les âmes au calvaire.

Et la Vierge Marie en ses bras le reçoit,
Pour joindre des douleurs que l'amour seul conçoit,
A celles de son Fils. Douleur qu'on te révère !

Visite d'un cimetière
au sommet d'une colline
à Sainte-Livrade (T.-et-G.)

Hier, je gravis la pente allant au cimetière ;
Idéal, le plus beau que l'on puisse rêver ;
Quand on sait qu'on n'est pas de la pure matière
Condamnée à l'oubli, mais nés pour s'élever.

Ombrages et gazons mènent à la lumière,
Dont les flots enchanteurs semblent enjoliver ;
Transformer en palais la dernière chaumière,
Qu'est le tombeau fatal où l'on doit arriver.

Devant moi paraissaient les morts, les mains tendues,
Les yeux fixés plus près d'espérances rendues
Aux cœurs désabusés, touchant presque le ciel.

Que ton champ de repos brille, Sainte-Livrade !
Pour la foi des chrétiens, n'est-il pas une estrade,
D'où l'âme voit couler Tarn, la vie et son fiel ?

En descendant du cimetière

Nous sommes descendus après cette leçon,
Qui fut pour nous gravée en ces lieux si propices
Par la main du Seigneur de si haute façon,
A travers des chemins bordés de précipices...

L'enviable repos exige une rançon
De périls, de douleurs ; ce sont là les épices
Qui donnent à la vie, en son dernier tronçon,
Mérites et vertus. Vivons sous ces auspices !

Nous avions sous les yeux de belles frondaisons,
Les moissons, les prés verts des fécondes saisons,
Fruits d'incessant labeur, de pénible culture.

Ce spectacle disait au découragement :
A l'âme, il faut ouvrir ainsi le firmament !
Dieu transmet ses conseils par voix de la nature.

Mystère de l'agonie

Qui n'a vu l'agonie envahir l'Être Humain
Couché sur un grabat? Au moment de s'éteindre,
Le mal qui vit sur lui s'efforce de l'étreindre;
Avec effroi, l'on dit : déjà froide est la main !

Au souvenir du Christ, agonisant divin,
Combien plus nous devons être émus et le plaindre,
Ce cœur brisé dont la douleur ne peut se peindre,
En voyant devant Lui si triste lendemain.

Il sent que le péché lui dispute sa vie ;
Qu'il va subir la croix, les complots de l'envie,
Préparant à son cœur cette infamante mort.

Chrétiens, cette agonie accable aussi notre âme
Lorsqu'en nous s'amortit de la grâce la flamme,
Et que sans foi, sans loi, l'on vit, l'on meurt. Quel sort !

Minuit 1909-1910

Minuit vient de sonner comme un glas à l'horloge !
C'est la mort d'une année... A chaque tintement,
On dirait un sanglot qui, douloureusement,
Sort des poumons d'airain du timbre nécrologe...

Aux douze coups redits, la tristesse déloge ;
La morte est remplacée avantageusement
Par la nouvelle année. A son avénement,
Une minute après, la cloche fait l'éloge

Non pas du temps passé, des espoirs à venir,
A travers les laideurs du sombre souvenir,
Que le passé toujours imprime dans sa trame.

Homme qui te nourris de popularité :
Le bruit fait place au bruit, deuil à l'hilarité !
Instruis-toi, car tu peux t'attendre au même drame.

Le Samedi-Saint

Jésus est au tombeau ! La nation infâme
Séide de l'enfer, voulut qu'on l'y scellât
Pour éteindre à jamais son saint apostolat.
Le Sauveur y retient tout ce que le ciel blâme,

Dans ce tombeau béni ; descendons-y, mon âme,
Formule avec le cœur cet humble postulat :
« Je viens ensevelir mon mal, maudit éclat,
« Oui, je veux dans ta mort en étouffer la flamme ! »

C'est en s'y dépouillant, de tout cœur, du vieil homme
Que la vie y renaît, quand le mal s'y consomme
Dans la paix, dans l'espoir de l'éternel séjour !

La terre avec le ciel s'y réconcilia ;
Demain, avec Jésus, chante l'alleluia
Dans la Communion ! C'est vivre dans l'amour.

Mystère de la flagellation

Avoir un piédestal, colonne en appareils,
C'est le fait consacré dans toutes les histoires ;
L'orgueil humain ne vit que de vaines victoires
Qui juchent son néant plus haut que ses pareils !

Pour confondre l'éclat de ces brumeux soleils
Et couvrir de mépris leurs éphémères gloires,
Le Sauveur a laissé dans toutes les mémoires
Qu'à la Colonne, on vit son sang en jets vermeils.

La Flagellation se renouvelle encore :
Colonnes des journaux quand on y collabore
Avec la rage au cœur, offrent même attentat.

Chrétiens qui blasphémez et jetez à la face
Du Christ l'impiété, c'est le fouet de l'audace
Qui flagella Jésus. Pécheurs, c'est votre état.

Aux organisateurs de la Société sans Dieu

Depuis qu'au firmament a paru la comète,
De retour d'un trajet de soixante-quinze ans,
J'en suis comme écrasé, calculs troublant ma tête ;
Etendue et vitessse ont incroyables plans !

Dans cette immensité, le nom de Dieu projette
Sa puissance au-dessus des esprits et des sens ;
L'ordre en est si parfait qu'inutile est l'enquête ;
On proclame le Maître au nom du seul bon sens.

Aussi, lorsque j'entends la savante ignorance
Clamer avec fracas dans notre pauvre France :
Il faut organiser l'humanité sans Dieu !

Je sens grande pitié jusqu'au fond de mon âme,
Voyant des éteignoirs destructeurs de la flamme
Qui peut seule expliquer vie en nous, en tout lieu !

Lumière et ténèbres

Le mal est ténébreux ! ses complots, ses enquêtes
Ont recours à la nuit pour atteindre leurs fins ;
Voleurs et criminels évitent les chemins,
La lumière du jour pour faire leurs conquêtes.

Catastrophes, malheurs qui fondent sur nos têtes
Semblent être honteux du rôle d'assassins ;
La nuit, presque toujours, on sonne le tocsin,
Et le soleil se voile au moment des tempêtes !

Le bien, lui, ne craint pas les rayons lumineux,
Lui-même les répand, il est chaud, généreux,
Peut-il être autrement, n'est-ce pas son essence ?

Avec le bien, dans l'âme on jouit de la paix ;
Absent, enténébrés, nous ployons sous le faix ;
L'âme, en voile de deuil, réclame sa présence.

Une image de la résurrection

En Arabie était un oiseau fabuleux,
Célèbre s'il en fût ! l'unique de l'espèce.
Il vivait cinq cents ans, et devenu trop vieux,
C'était temps de mourir, alors la force baisse.

Il s'exposait lui-même au soleil, à ses feux ;
Bientôt il est brûlé ; son plumage ne laisse
Que cendres de l'éclat qui frappait tous les yeux.
Si la mort du phénix vient, c'est pour qu'il renaisse.

Cette fable, pour nous, est la réalité ;
Ce n'est pas, en effet, de l'idéalité
Que de ressusciter en Jésus notre flamme.

Quand la grâce divine, ardent, puissant soleil,
Dévore le péché, tu sors du noir sommeil,
Tu revis, immortel, par le cœur et par l'âme.

Le mystère de la couronne d'épines

Tout croule ! Tout se fond aux feux d'ardente haine
Qu'alluma Lucifer en notre humanité.
Couronnes, sceptres d'or, hochets de vanité,
Vous, trônes en débris, que votre force est vaine !

Épines et Roseau dont l'éclat nous enchaîne
Au Christ Sauveur et Roi, quelle pérennité !
Par toi, nous devenons sujets d'éternité,
Couronne de mépris que l'univers entraîne !

Vous, féroces bourreaux, vous, vils soldats romains,
Mettant signes honteux sur sa tête, en ses mains,
Pensiez-vous proclamer la Divine Puissance ?

Mandataire du ciel, le Christ n'eut pas besoin,
Pour fonder son Pouvoir d'aucun autre témoin
Que Lui ; sa volonté veut notre obéissance !

Le temps destructeur

Tu m'as connu, regarde-moi !
Je ne suis plus qu'une vaine ombre
Que chaque jour pousse au décombre.
C'est sûr, je le dis sans émoi.

Qu'on le veuille ou non, c'est la loi :
Quand les ans se comptent en nombre,
L'horizon baisse, devient sombre,
La mort nous laisse sans emploi.

Nous sommes victimes des rides ;
Tous les efforts restent arides ;
Tout s'obscurcit, même l'esprit.

J'espère ne pas disparaître.
Après la mort Dieu fait renaître ;
Celui qui l'aima, le comprit,

La charité mondaine

Madame Bienfaisance impose le plaisir !
C'est, pour les indigents, un grand bal qu'on annonce.
Le luxe vaniteux donne cette réponse :
Bravo ! l'occasion, nous saurons la saisir ;

Impudence du riche, avide de choisir
Pour récréer tes yeux, le trait dur qui s'enfonce
Dans les cœurs ulcérés, comme le fait la ronce
A travers fleurs et fruits empêchés de grossir ;

Cruauté du mondain, qui danse et qui s'amuse
Pour empêcher le Christ, dont la loi nous accuse,
De pleurer, de gémir dans ses membres souffrants ;

Egoïsme, qui rit et se gave de joie
Devant les miséreux à la douleur en proie ;
Voilà la charité qu'offrent les adhérents !

Ressuscitons à l'exemple du Christ

Chargé d'iniquités, de tout le mal du monde,
Le Christ a succombé ; prisonnier du tombeau,
Il apparaît vaincu ! Couvert d'écume immonde,
Tel au fond de l'abîme est jeté le vaisseau !

La mort était le fruit de la chute profonde,
Il la subit. A l'homme, elle sert d'escabeau.
N'était-il pas le Saint, divinité féconde
Dont l'enfer ne pût pas éteindre le flambeau ?

Le mal que l'on détruit est gage d'espérance ;
Dès qu'il est mort en nous par amour, pénitence,
Dieu redonne sa vie en reprenant son droit.

Tombeaux du repentir et du ferme propos
Recouvrez nos péchés, donnez-nous le repos.
Sans la paix du Bon Dieu que l'âme est à l'étroit !

S'entretenir avec les absents

Dans la lutte enfiévrée où l'humanité s'use,
Il est pour la pensée et pour le sentiment
Demeures de refuge, où tout séduit, méduse ;
On y trouve repos, même l'enchantement...

Souvenirs conservés sont l'image diffuse
De celui qui n'est plus ; mort il est plus vivant
Que le vivant lui-même, aveugle bien souvent,
Etranger au devoir qui, par les morts accuse.

Ils parlent à nos cœurs en toute vérité ;
On se plaît avec eux et leur sévérité
Juste, nous rend meilleurs ; c'est le conseil suprême !

L'affection alors a le cachet d'un culte ;
L'hommage est permanent rendu loin du tumulte
Aux absents du foyer, présents, puisqu'on les aime !

Que de fausseté éclaire le soleil !

De la sincérité que d'hommes n'ont que l'air,
Des dehors et des mots déguisant le mensonge !
Rapproché du présent, leur passé semble un songe,
Quand sur lui des lueurs brillent, tel un éclair.

Aujourd'hui, contredit ce que l'on voyait hier ;
Ce qui nous paraissait avoir reflets d'oronge,
N'est plus qu'un champignon dont le venin nous ronge,
Après avoir séduit ceux qui manquent de flair.

A quoi cela tient-il, qu'on fasse tant de dupes
Et que la vérité prenne manteaux ou jupes
Ne cherchant qu'à tromper les naïfs, à plaisir ?

La raison, la voici : c'est qu'on se préoccupe
D'aboutir à ses fins ; quand on poursuit la huppe,
On sait qu'en se masquant on peut mieux la saisir.

La fragilité du secret

Le silence toujours fut l'âme des affaires !
Mais pour l'humanité, c'est un trop lourd fardeau
De garder sur les yeux : Secret, épais bandeau...
Et les langues d'ailleurs sont tiges florifères.

La curiosité, par ses ailes légères,
Rappelle un papillon répétant en rondeau :
Laissez-moi, laissez-moi soulever le rideau,
Est-ce vrai ce qu'ont dit ces deux ou trois mégères ?

L'effusion commence avec grand abandon ;
Le secret fait bientôt le bruit d'un gros bourdon ;
Il paraît dans la nuit, il devient une étoile !

La Rochefoucauld dit : confier un secret,
C'est fournir à quelqu'un exemple d'indiscret.
Doit-on garder ce que l'intéressé dévoile ?

Décret « Quam singulari »
sur la Première Communion
à sept ans

Ce que le Divin Maître a pratiqué lui-même,
Tandis qu'il répandait l'amour sur les chemins.
En disant des enfants : Oh! combien je les aime !
Laissez-les approcher, sur eux j'étends les mains;

Pontife Souverain, c'est aussi votre thème;
Ce sont les tout petits, qui sont vos Benjamins.
Par votre ordre, en leur cœur, divine vie essaime!
Ces anges, du Sauveur, sont le ciel, les écrins.

Leur cœur, lys virginal d'amour et d'innocence,
A pour Dieu plus d'attraits que les feux de science
Qui brûlent, si souvent, pures, premières fleurs.

Le parfum le plus doux n'est-il pas au calice
A peine épanoui? Dès qu'ils entrent en lice,
La Grâce Eucharistique a vaincu maux, douleurs!

Désir de la retraite

Je me sens attiré pour le bien de mon âme,
Vers le foyer sacré de divine chaleur
Que m'offre la retraite aux heures de douleur,
Où, parfois du courage on sent faiblir la flamme.

Le fer, même l'acier que l'on transforme en lame,
S'émoussant au travail, veulent le remouleur ;
Il convient donc que l'homme, au divin Ciseleur
Ait recours, tous les ans ; sa misère le clame !

A la maison de Dieu, je vois un ciel d'azur,
Semé d'astres, du bien ; c'est un refuge sûr
Où la grâce répand la lumière sans voile.

De mon Evêque aussi, j'aurai là le conseil ;
Du Pape n'est-il pas le rayon de soleil,
Qui tombe sur sa croix, sa lumineuse étoile ?

Ce que l'on est chez soi et en public

Si l'on se permettait de dire à demi voix,
Dans des milieux mondains où chacun se respecte,
Des mots crus, malsonnants, de nature suspecte,
Ce qu'on ferait, d'ici, je l'entends, je le vois ;

Une maîtresse digne imposerait ce choix :
Se taire, ou bien partir ; apostrophe directe
Qui redresse, du coup, attitude incorrecte
D'un malotru croyant monter sur le pavois.

Et ce Monde, chez lui, plein de délicatesse,
A sa loge au théâtre où la scélératesse
Affirme que le vice a des principes sûrs.

Les applaudissements sont suivis d'un fou rire,
A ce qu'on maudissait, on est fier de souscrire,
Sans souci des enfants, oreilles et cœurs purs !

Le souvenir fait vivre

Du souvenir aimons le phare,
Car il éclaire nombreux ports
Où l'on revient, faibles ou forts,
Quand sur l'océan on s'égare.

Je plains celui qui, dans la mare,
Jette l'espoir d'un meilleur sort,
Et qui des cœurs, s'échappe, sort,
Content que l'oubli l'accapare.

Cœur oublié, s'il se souvient,
Dans le passé vit, s'entretient
Pour les combats qui sont la vie.

J'avais jadis tant d'idéal,
C'était le règne floréal,
Mon âme en est encore ravie !

Les sources du salut

En fixant les sommets d'où nous vient le secours
Capable de guérir le malheur de la chute
Perdant l'humanité que Satan persécute,
Le Tout-Puissant promet la Vierge et son concours.

La femme avait péché, Dieu lui tint ce discours :
« Aux douleurs, à la mort, vous serez tous en butte,
« Mais, non abandonnés ! Dans le feu de la lutte,
« A la Vierge promise ayez toujours recours !

« Elle brille aux sommets des promesses divines,
« Elle fait pénétrer ma vie en vos ruines,
« Vous donnant les trésors de sa maternité. »

O Vierge, près de Dieu, soutenez nos combats,
Faites-nous mépriser du démon les appâts,
Ayez pitié de nous ! de notre indignité !

Donec felix eris...

Oh ! tant que le bonheur rayonne autour de toi,
Nombreux sont les amis pour t'offrir des hommages !
Quand son éclat pâlit, bien rares sont les gages,
L'on est abandonné, l'on cesse d'être roi.

Ovide dans ses vers proclame cette loi ;
Chaque siècle depuis, par la voix de ses Sages
Répète cette idée en de très vrais adages ;
L'expérience, à tous, laisse la même foi.

Pourquoi donc du malheur naquit l'ingratitude ?
Et comment l'homme heureux tient-il en servitude
Les cœurs et les esprits hier, aujourd'hui, demain ?

C'est que l'humanité se recherchant soi-même
Dans le bonheur d'autrui, c'est son plaisir qu'elle aime ;
Et l'élément n'est plus, lorsqu'elle tend la main.

Foi en la puissance du Christ

Marthe et Marie étaient sous le coup d'un grand deuil ;
Elles pleuraient ensemble accusant le sort traître
Qui servi par la mort, cet implacable écueil,
Dans le tombeau, leur frère avait fait disparaître.

Tout-à-coup, le Sauveur est présent sur le seuil
De la maison, il vient et l'espoir va renaître.
La Foi sort de leur cœur cet admirable accueil :
« Si vous eussiez été parmi nous divin Maître,

« Lazare assurément, non, ne serait pas mort ! »
Elles se souvenaient de ce doux réconfort :
« Je suis pour tous et vie et voie et vérité. »

Ces cris de confiance ont ému le Sauveur ;
Lazare revivra ; leur foi vaut la faveur !
Ames, ayez recours à cette charité !

La puissance humaine
en regard de la Croix

Que vaut autour de nous l'humaine autorité ?
Ce que vaut à nos yeux le prestige des forces
Et l'éclat des métaux qui décorent les torses
Des hommes, pauvres nains, en toute vérité !

Seul, le Signe du Christ a la sincérité ;
Il est débarrassé des brillantes écorces
Qui servent aux mortels de trompeuses amorces,
Ses feux sont les reflets de la Divinité.

Il s'est manifesté portant sur son épaule
Son Puissant Principat, accomplissant le rôle
De Vainqueur des enfers, de Sauveur par la Croix.

Cette croix qui répugne à la lâche nature,
Domine passions, instincts, ô créature !
Les âmes des héros, de ce sceptre font choix.

Le mystère du Crucifiement

Israël au désert mordu par des serpents
Attirés par sa plainte et sa conduite indigne,
Trouvait sa guérison en regardant un signe
Qu'obtint du ciel, Moïse, à leurs cœurs repentants.

Au calvaire, chrétiens, sommes participants
D'un remède meilleur contre l'œuvre maligne
De Satan, que Jésus a su rendre bénigne
Par le pardon, l'amour, ses dons émancipants.

Mieux qu'au serpent d'airain, à cet Arbre de Vie,
Nous voyons refleurir celle qui fut ravie
A nos premiers parents dont notre malheur sort

Le Sauveur élevé sur la croix nous rappelle
Qu'il est là pour guérir, donner vie éternelle
Aux âmes ayant foi dans les fruits de sa mort !

Le portement de la croix

De métaux précieux, sceptre du potentat
Est fabriqué partout ; c'est l'éclat qu'il réclame
Pour que les yeux de chair éblouis par sa flamme
Subissent son prestige. — ô piteux résultat !

Sur l'épaule, le Christ porte son Principat ;
C'est la divine Croix jusques-là bois infâme
Qui depuis... Mort du corps, ravit, attire l'âme
Bien plus que le drapeau du plus puissant Etat.

Avec autorité, sur l'épaule sanglante,
Elle nous dit à tous la parole cinglante :
S'immoler pour régner, faire ma volonté !

Il se consomme en Dieu le divin sacrifice,
Commande à notre vie ; Ornes-en l'édifice
Où le vieil homme meurt, sceptre de sa bonté !

La mort sur la croix
Les dernières douleurs de Jésus

L'univers ébranlé sembla manquer de base
Quand mourut sur la croix notre divin Sauveur ;
Bien que sa mort bénie eut le sens de faveur,
La nature s'émeut d'un forfait qui l'écrase !

Elle a vu remonter du fond des cœurs la vase
De tant d'iniquités, à l'horrible saveur,
Selon le roi David, dont l'homme est le buveur,
Lui qui devant la croix, insensible, se blase.

Le supplice s'accroît de cette affreuse mort
Où les âmes, les cœurs ont brisé le ressort
D'amour et de pitié pour la douce Victime.

J'ai soif, s'écria-t-il ! — On fait couler à flots
Le sang et l'eau du cœur, remplaçant les sanglots
Que ne peut provoquer cette douleur intime !

L'utilité de la souffrance

Souffrir est un des mots bien durs à la Raison !
Dans ses lettres il cache ainsi qu'en des pétales
De répugnantes fleurs, des gouttes de poison ;
On dirait que la vie a sources végétales !

Job maudissait la nuit, en un vibrant frisson,
D'avoir été conçu pour des douleurs fatales.
Mais entendez les saints : Oh ! la belle moisson
Que l'on fait en souffrant, quelles heures vitales !

Quel est le meilleur cri ? Les sens font-ils la loi ?
N'est-il pas le plus vrai celui de notre foi ?
Point de mal d'être né puisque l'on doit renaître,

Et même la Raison, à travers le désert,
Dit : Nul ne se connaît avant d'avoir souffert ;
L'homme est un apprenti, la douleur est son maître !

Le bien qu'on fait et celui qu'on reçoit

Pour peu que l'homme ait fait, se complaire en son
[œuvre,
Y chercher des honneurs est le but qu'il poursuit
Par d'incessants efforts et le jour et la nuit,
Il attache à son moi ce suçoir de pieuvre.

Mas, s'il doit à quelqu'un bienfaisante manœuvre,
Il ne saurait souffrir du fait le moindre bruit ;
En le lui rappelant, il semble qu'on lui nuit,
C'est lui faire avaler la plus dure couleuvre. —

Ecoute : Fais le bien et tu peux l'oublier,
Sans craindre qu'un voleur puisse te spolier,
Son prix t'attend au ciel avec sa récompense !

Du bien que l'on t'a fait garde le souvenir ;
Maintenant et demain, dans les jours à venir,
Il nourrira ton cœur si ton esprit y pense !

Où est le but ?

Si nous jetons les yeux sur les œuvres humaines,
Point n'est besoin, hélas ! de regarder en haut ;
On doit les abaisser pour les voir comme il faut,
Ces œuvres sans valeur, coupables ou malsaines.

Le monde a beau chercher attitudes hautaines,
Proclamer qu'il est grand par la voix d'un héraut,
Et par des feux nouveaux se donner du rehaut,
Dans l'éclat, on voit mieux que ses œuvres sont vai-
[nes.

Les vrais, les bons chrétiens ne doivent pas ramper,
Dans les bas-fonds humains s'oublier, se camper,
La vertu, notre lot, est ascensionnelle.

Sachons qu'il est acquis que, plus le but est loin,
Plus il faut viser haut pour atteindre le point ;
Notre hausse de vie est la vie éternelle !

Agissons avec notre âme

Nous critiquons parfois les désirs, les efforts
Qui sont tout différents de ceux qui nous travaillent
Peut-on trouver pareil où que les hommes aillent?
On se donne ce droit qui ne va pas sans torts.

Selon l'âge, les goûts, les uns sont ardents, forts;
Les autres ont des cœurs qui jamais ne tressaillent,
Aux mouvements vitaux que leurs actes émaillent,
Faiblesse, ennui, dégoût ne sont que leurs apports.

Il est des indécis qui n'ont que moitié vie;
Les énergiques, seuls, la doublent, poursuivie
Grâce au feu du devoir, en aucune âme absent.

Peut-être l'avenir sera le lot des autres.
Le passé des vieillards, sauf celui des apôtres,
N'est plus que souvenir. Tablons sur le présent.

Les martyrs à leurs bourreaux

On s'étonnait jadis que, conduits au supplice,
Des vierges, des époux tinssent tête aux tyrans,
Méprisant leur fureur, leurs tourments, leur malice,
Mis sur des chevalets, non pas sur des divans.

De leur cœur déchiré, vivant, sanglant calice,
Jaillissait par la grâce un divin talisman ;
Ils étaient des lions lorsqu'ils entraient en lice
Et frondaient leurs bourreaux sans demander l'aman :

« Lâches, regardez-nous, fixez notre visage,
« Vous nous reconnaîtrez vainqueurs de votre rage :
« *Ave Morituri, Cœsar judicabunt!*

« Au ciel nous trônerons, nous rendrons la justice ;
« Ne comptez plus alors sur des jours d'armistice
« La gloire avec nos droits marqueront notre front ! »

Réunis au cimetière

Ah ! qu'il m'est doux de rendre témoignage
Que vous aimez vos parents dans la mort !
Vous leur offrez fleurs, prières, le gage
Sûr que la foi traduit : le chrétien dort !

Bien mieux que nous mérite ce suffrage
Le Rédempteur glorifiant leur sort,
Leur promettant : Vous verrez mon Visage,
Vous revivrez, âmes avec le corps.

La croix plantée au bout de chaque tombe,
Tendant les bras où le mérite abonde,
Garde à nos os la Résurrection.

Signe vainqueur de la mort redoutable,
Sois mon appui, mon livre incomparable,
Enseigne-moi l'immortelle union !

Nous marchons sur les morts

Qu'ils sont nombreux les morts depuis que l'homme
Si nous pouvions revoir la route poursuivie, [est né !
A chaque pas, la mort remplacerait la vie ;
Que d'êtres disparus, nos pieds ont piétiné !

Pourquoi les passions, oh ! pauvre condamné,
Ont nourri dans ton cœur la vaine et folle envie !
Qu'en reste-t-il ? Poussière est-ce survie,
Quand on la voit se perdre où l'homme est amené ?

Ceux que portaient les vents des honneurs, de la joie,
Les voilà devenus les pavés de la voie,
Car ceux qui ne sont plus sont la route aujourd'hui.

Trompons le tourbillon qui nous pousse à la tombe ;
A nos âmes donnons l'aile de la colombe
Pour retourner à Dieu qui nous a faits pour Lui !

Précieuse souffrance

Que souffrir nous est bon ! C'est dégager la voie,
Où, sous forme d'écrans, entre nous et le ciel,
L'illusion plaçait le plaisir et la joie,
Voilant la vérité sous la couche de miel.

Les souffrances que Dieu permet et nous envoie,
Ont son puissant appui, qui transforme le fiel
En mérites sauveurs, où sa grâce flamboie;
On peut y lire : espoir ! comme en un arc-en-ciel.

L'homme est un ignorant qu'éclaire la douleur ;
Elle agrandit l'esprit, rend plus parfait le cœur ;
Elle peut nous broyer, l'âme doit lui survivre !

Souffrir ! c'est la caresse aimante de la main
Qui prépare aux chrétiens le trône de demain,
Car Jésus nous a dit : c'est m'aimer, c'est me suivre !

Mes souhaits au début de l'année

Bonne année! est le cri qui sillonne l'espace,
Enchantant tous les cœurs, comme nos yeux, l'éclair !
Regardez les effets, en nous, surtout dans l'air :
N'est-ce pas un vain bruit, une lueur qui passe?

Ah! ce ne sont pas là les meilleurs vœux qu'on fasse !
Respirant dans la foi, dégagés de la chair,
Demandez aux chrétiens à l'esprit vraiment clair :
Voulez-vous d'autre espoir que voir Dieu face à face?

Entraînés vers leur Dieu, l'âme ainsi que le cœur
Répondent fièrement, et tous les deux en chœur :
Donnez-nous votre amour qui fait saintes années !

Il faut que ce souhait devienne un vif désir
En nous ; le cultivant, ce sera le saisir,
Retrouver dans le ciel vertus enrubannées.

L'Orgueil n'est qu'un nuage

Les nuages d'orgueil formés par les vapeurs
De tant d'esprits sans fond, vides, sans consistance,
Obscurcissent le ciel avec la persistance
De mensonges brillants pour être plus trompeurs.

Oui, lorsqu'à la façon d'artistes estampeurs,
Ils ont mis cet écran entre notre existence
Et le Bon Dieu, grisés, l'on est sans résistance,
On se laisse lancer dans l'air par les pipeurs.

Le nuage de loin semblait une montagne,
Dès qu'il crève, bientôt, à travers la campagne,
Il ne reste plus rien que quelques gouttes d'eau.

Ainsi l'orgueil a pu se perdre en un mirage,
Se balancer bien haut, mais le terrible orage
Qu'on appelle la mort, déchire le rideau.

La confession décharge du péché

Etreints par le péché dont le poids nous écrase,
On n'ose contempler l'espoir qui luit aux cieux;
Dans la pire des morts se sont fermés nos yeux;
L'enfer est sous nos pas, son gouffre est notre base.

Enlisés dans le mal, recouverts de sa vase,
On ne peut oublier, ni se sentir joyeux;
Le remords nous poursuit de l'ardeur de ses feux,
L'âme dans ce tombeau vit autant qu'on se blase.

Elle va répétant son intime douleur
Aux échos de la vie, aux secrets de son cœur,
Elle imite l'agneau laissant sa laine aux ronces!

Seul, le pardon de Dieu met fin à son tourment;
La haine, de l'Amour reçoit son jugement;
L'aveu qu'on fait au prêtre entend ces deux réponses.

Que reste-t-il d'une renommée ?

Quand un homme est tombé d'un faîte fastueux,
Il ressemble à l'oiseau dont on brise les ailes ;
On contemplait en haut son vol majestueux,
Maintenant, c'est en bas qu'il se traîne sans elles.

Des astres s'éteignant soupirent ces aveux :
« Les circonstances font les fêtes solennelles ;
« Aux moindres accidents on est troublé, nerveux,
« Tout ne tenant debout que grâce à des ficelles. »

Philosophons ensemble avec sincérité ;
De ces enseignements jaillit la vérité
Que l'on doit préférer au rêve inconnu, vague :

La vie à ses débuts est une goutte d'eau,
Heureuse dans le lit d'un tout petit ruisseau,
Tombant dans l'océan, elle est l'horrible vague !

Ce que valent les vœux protocolaires

De vœux, l'univers en est plein !
Brouillard qui tombe sur la vie ;
Chacun de nous en est atteint
Et la bêtise en est ravie !

On croit que l'horizon est teint
De rayons lumineux, tant l'envie
Est de briller, et tout s'éteint
Avant que soif soit assouvie !

C'est la pure convention ;
Des courtisans l'invention ;
Mettons au bas : burlesque usage !

Au lieu de te laisser gober,
Il faut aux vœux te dérober,
Humanité, deviens plus sage !

Persistance de l'idéal blessé

J'ai commencé ma vie avec de grands projets.
Du feu, du dévoûment, mon âme était pétrie ;
Saluant l'avenir, il en sortait ces jets :
Se dépenser pour tous, mourir pour la Patrie !

J'ai reçu dans le cœur, depuis, de maudits traits,
Hélas ! qui m'ont guéri de mon idolâtrie.
L'égoïsme étant roi d'innombrables sujets,
Je me suis vu naïf, ma fleur était flétrie !

Cependant, se peut-il, qu'on soit sans idéal,
Que l'on traîne ses os jusqu'au terme final,
Regardant comme vrai, ce qui n'est qu'hérésie ?

Vivre serait alors le pire des enfers !
Voilà pourquoi, vibrant, je finis dans les vers ;
Mes débuts et ma fin gardent leur poésie.

Vers la dernière station

Qui n'a vu le convoi, monstre de fer, de feu,
Au bruit tonitruant qui dévore l'espace !
Pierres, feuilles, poussière, ont bondi lorsqu'il passe,
Sa fumée assombrit le pur firmament bleu.

Heureux et miséreux, il emporte en tout lieu,
S'arrête, puis repart avec la même audace ;
Les uns sont descendus, d'autres ont pris leur place,
L'on se serre la main et l'on se dit adieu.

De notre pauvre vie, ah ! c'est bien là l'image !
Pareil train nous prenons, emportant le bagage
De maux, de bruit, de mort, pour atteindre le but.

Toujours marche le train, changent les paysages,
Comme l'on voit vieillir, se rider les visages.
Station de la mort, sois pour nous le salut !

S'il n'est point de Dieu, point de Maître

On veut accréditer que Dieu n'est qu'un pur mythe !
Si l'on y réussit, c'en est fait du respect
Envers l'autorité, qui n'a que cet aspect.
Car Dieu n'existant pas, elle est un parasite.

De quel droit commander ? Tu n'es qu'aérolithe,
Maître qui brille un jour dans un décor abject ;
Tu perds de ta grandeur et tu deviens suspect
A ceux qui sont atteints par ton œuvre, termite !

C'est là l'ardent travail d'une meute de chiens
Aboyant sans répit : « Les vertus sont des riens,
« Et la Religion a déshonoré l'homme ! »

Pour nous, ce sont les fruits qui révèlent le bois.
Malgré tous leurs efforts, voyez leurs mœurs, leurs
Ne produisant qu'instincts de la bête de somme ! [lois

Le Bien ne fait pas de bruit

On fait beaucoup de bruit au nom de la science !
Sans elle, paraît-il, le reste est rococo.
Aussi, pour l'acquérir, combien de patience,
Certains d'en recevoir un pompon au schako !

C'est le présent qui sonne et fait ce bruit intense.
Ecoutons le passé, que nous dit son écho
Sur les célébrités ? Rien... rien, c'est le silence
Qui vous a remplacés, vases de Jéricho !

Le Bien, lui, ne fait pas d'embarras, de tapage ;
Il s'en va doucement, poursuivant son voyage
Comme un petit ruisseau vers le vaste océan.

De là, il nous revient en échos pacifiques
Qui redisent sans fin les éternels cantiques
D'un bonheur inconnu sur notre ardent volcan !

Valeur des compliments

Combien l'on est naïfs de croire aux compliments,
Ces mensonges tout faits ; l'amour-propre est si bête !
Lorsque l'on est flatté, point de raisonnements,
On se dit : C'est bien vrai ; la bêtise est complète.

Mon Dieu, préservez-moi de ces aveuglements,
Que l'imbécile orgueil ne trouble point ma tête !
Puissé-je discerner, parmi les boniments,
La vérité qui vaut bien mieux que l'étiquette.

L'étiquette est un masque, on le prend, on le met
Au visage simplot, on coiffe le bénêt,
En un mot, pour les yeux, c'est du pur vernissage.

Aussi jugeons-la donc à sa juste valeur :
Quand quelqu'un nous louange, il ressemble au voleur
Endormant l'ennemi. Le permettre est-ce sage ?

Fais ce que dois !

La contrainte, aujourd'hui, pèse à l'humanité,
On ne cherche, on ne veut que douceurs, jouissances ;
On oppose partout révolte, doléances
A toute voix qui parle avec autorité.

C'est depuis qu'a faibli la sainte Vérité
Que le monde subit de l'enfer les puissances,
Soufflant dans les cerveaux folles indépendances ;
Il couvre ce poison du mot de liberté !

Etre libres, sans frein, est le rêve des masses.
L'expérience est faite, et qu'est-ce qu'on reçoit ?
Des chaînes, des erreurs qui poussent dans des nas-
                                        [ses.

Celui qui fait toujours, agissant à sa guise,
Tout ce qu'il veut, fera rarement ce qu'il doit.
Fidèle à son devoir, la volonté s'aiguise !

Les exercices de la Retraite

Point de fleuve, dit-on, remontant vers sa source !
Dans l'ordre de la grâce, il en est un pourtant
Qui dispute la vie aux flots nous emportant :
Celui de la Retraite arrêtant notre course.

Il faut se séparer du plaisir, de la Bourse,
Se soustraire huit jours au funeste courant ;
Révéler tout son cœur, le rendre tempérant ;
Se confier à Dieu, notre unique ressource.

L'examen fait revoir orages et tempêtes
Qui troublèrent parfois et nos cœurs et nos têtes.
Après cet examen, sentant notre néant,

Le vaisseau radoubé, garantis par des digues,
Du monde et de l'enfer nous méprisons les ligues
En volant vers le ciel, l'éternel océan !

A ceux qui ne pardonnent pas

L'homme ne se souvient que du mal qu'on lui fait !...
Avec des souvenirs on attise les haines,
On entoure son cœur d'un triple rang de chaînes,
On aime se venger, c'est travail à forfait.

Le prix fixé se trouve en ce qui satisfait ;
Rendre au moins au centuple aux calendes prochaines,
A quiconque blessa nos prétentions vaines.
Bien loin d'être réel, quel mérite surfait !

Tu descends au niveau de celui qui t'insulte.
Ce serait de cela que ta noble âme exulte ?
Le pardon seul nous rend grands et dominateurs.

Sur le sable écrivez les mépris, les injures ;
Sur le marbre : bienfaits et vous serez vainqueurs ;
Le vent effacera d'un souffle les blessures.

Le peu qui reste de nous

Toutes les fois qu'on voit un homme disparaître
De la scène du monde où son rôle fut grand,
On dit le lendemain : Et c'était là le maître ?
L'autorité n'était qu'un cordon avec gland.

Que l'on soit, pape, roi, pontife, simple prêtre,
Quand la ficelle casse aussitôt tout descend ;
La trame est arrêtée et le fil s'enchevêtre ;
Plus de métier, ni gain, faute de tisserand.

Convenons-en : Debout, plus petite est la place
Qu'on occupe couchés sur la plane surface,
Où l'élévation gît dans les profondeurs.

Comme le ver rampant, le pauvre corps s'allonge ;
Tout s'est évanoui, la vie était un songe ;
La mort est le réveil du néant des grandeurs.

Visons à l'éternel débarcadère

Parmi les voyageurs qui descendent des trains,
Comptez parents, amis, inconnus, connaissances,
Disparus au tombeau : trône des souverains,
Aurore du doux ciel après de dures transes !

Car mourir, ce n'est rien ; c'est le marchand forain
Qui, fini le marché, porte ailleurs sa présence ;
C'est le cultivateur qui ramasse le grain ;
Aux célestes greniers, seule est la récompense !

Tout est là dans la vie : y produire le bien ;
L'amasser dans son âme et mourir en chrétien,
C'est tomber dans le champ des moissons que l'on
[sème !

Donnez à vos enfants vos vertus, votre foi ;
Formez-les au respect de la divine loi,
Vos cœurs unis en Dieu, morts, vous vivrez quand
[même !

On court vers son malheur !

Les heures et les jours, les mois et les années
Conjurent contre nous, augmentant le fardeau
Des épreuves de fer, non, jamais surannées !
Elles sont le feu lent qui brûle le vaisseau.

Ce vaisseau, c'est le corps où les âmes cernées
Voudraient un port plus sûr, comme le passereau
Redemandant son nid. Tempêtes acharnées
Leur disputent le droit de gagner leur berceau !

Les flots de plus en plus rendent l'horizon sombre ;
Des saintes vérités, nous ne voyons que l'ombre
Tant sont goûtés, hélas ! le mensonge et l'erreur.

Que je vous plains, mortels ; c'est bien vous les vic-
[times
Que d'aveugles savants poussent vers les abîmes,
Où tout doit être éteint : l'espoir et le bonheur !

La Vérité

La Vérité, c'est le firmament bleu,
C'est le soleil, c'est le ciel et ses astres,
Sans recourir à l'appui des pilastres,
Donnant aux jours, aux nuits, l'éclat du feu !

C'est la beauté qui rayonne en tout lieu,
N'attirant pas avec l'or des piastres ;
Elle survit après tous les désastres,
C'est la richesse et la force de Dieu !

Et l'on oppose à sa pure lumière,
Les tourbillons de la noire poussière
Qui, retombant, se transforme en tombeau...

La Vérité, ce n'est donc pas du sable ;
Contre l'erreur, elle lutte inlassable,
Ses ennemis lui servent d'escabeau !

On n'est quelqu'un que par soi-même

Lorsque quelqu'un grandit grâce au fécond labeur,
Des paresseux nantis d'un titre de naissance,
Voulant garder sur lui, de ce fait, une avance,
Lui disent : Tu naquis du sang d'un laboureur !

Il faut être bien pauvre et d'esprit et de cœur
Pour afficher ainsi pareille outrecuidance,
Ne plus s'apercevoir que seule la croissance
Qui révèle l'effort, consacre le vainqueur.

Humanité, finis de te draper, altière,
Dans les loques d'un jour que fournit la matière ;
Rien ne te changera, ni le temps, ni le lieu.

Les jardiniers royaux, à propos d'origine,
Disent : Nous cultivons partout même aubergine.
Moi, je vois en chacun : limon, souffle de Dieu !

Seuls les décors changent

Lorsque l'on a souffert et qu'on voit du nouveau,
On renaît à la vie en toute confiance ;
Après vache enragée, on va manger du veau,
Et l'on se sent bercé par la douce espérance...

Quand un maître régnant descend dans le caveau,
On entend ces soupirs : Voici la délivrance...
Nous aurons maintenant tête, cœur et cerveau...
C'est la fin des faveurs, oui, la justice avance !

Vous n'y voyez pas clair ! de nouveaux errements
Feront suite aux anciens ; changez les instruments,
L'homme avec ses travers reste toujours la cause.

La vie est une histoire à recommencements,
Plus ça change, dit-on, plus c'est la même chose.
Dégage, âme, tes yeux des éblouissements !

Vivre avec les absents

Dans la lutte enfiévrée où l'humanité s'use,
Il est pour la pensée et pour le sentiment
Demeures de refuge où tout séduit, méduse :
On y trouve la paix, repos, enchantement.

Les souvenirs gardés sont l'image diffuse
De celui qui n'est plus ; mort, il est plus vivant
Que le vivant lui-même, aveugle bien souvent,
Etranger au devoir qui, par les morts accuse.

Ils parlent à nos cœurs en toute vérité ;
On se plaît avec eux, et leur sincérité
Juste, nous rend meilleurs ; c'est le conseil suprême.

L'affection, alors, d'un culte a le cachet ;
L'hommage est permanent, et rendu sans déchet,
Aux mânes du foyer, vivants puisqu'on les aime !

Dans l'art se mire la vie

Le miroir de la vie a pour reflets magiques
Et les temps, et les mœurs, et les rêves humains.
Dans l'art ils prennent corps, grâce aux habiles mains
Qui dans la pierre ont mis faits épiques, tragiques.

Ces enseignements sont on ne peut plus logiques :
Des scènes de naissance aux tristes lendemains,
Des scènes de la mort des dieux, des hommes nains
S'y reflètent en des actes nécrologiques.

Ce tableau disparate est-il sans unité ?
N'est-il qu'un signe empreint d'orgueil, de vanité ?
Non, car son unité la beauté la lui donne.

Est-il rien de plus beau pour le charme des yeux,
Que de revoir briller comme de nouveaux cieux,
Un passé qui devient du présent la couronne ?

L'esprit propre n'abdique jamais

Dans la discussion, on réduit l'adversaire
A paraître vaincu par son effacement,
Sans qu'on puisse compter sur un amendement.
Bien que paradoxal, c'est plutôt le contraire.

Vaincre n'est pas convaincre, entend-on d'ordinaire ;
Rester silencieux devant un argument
N'est pas signe certain d'un vrai désarmement.
L'expérience dit : C'est un fait doctrinaire,

L'opinion qu'on a, jamais n'est à genoux ;
Elle reste debout, ressemblant à des clous,
Plus on tape dessus et plus on les enfonce !

Que cette image est vraie ! elle est de tous les temps ;
Dans les grandes cités, dans les bourgs, dans les
                                    [champs.
Aux propres sentiments, personne ne renonce.

Les femmes et le salut au drapeau

L'image aux trois couleurs qu'on appelle drapeau,
C'est la Patrie en haut d'une hampe de gloire !
Dans ses plis, les foyers, les deuils et la victoire
Passent, tel un frisson du cœur à fleur de peau.

Quelques mauvais Français l'appellent l'oripeau
A planter au fumier, le chiffon de l'histoire.
La femme veut offrir salut expiatoire
Quand la France apparaît, du geste le plus beau !

Son geste sera-t-il de découvrir sa tête ?
De brandir un mouchoir comme un signal de fête ?
Devra-t-elle porter la main au front, au cœur ?

Lorsqu'on sonne : Au drapeau ! que le régiment passe,
Mesdames, fixez-le, que votre œil ne se lasse
Qu'en inclinant vos fronts devant cette grandeur !

Sources de la Maternité de l'Église

Viens, écoute ta mère, humanité mauvaise :
« Levée, avant tes jours, en dépit de l'enfer,
« Des féroces bourreaux que ma Vérité lèse,
« — Et vous n'existiez pas —, pour vous j'ai tout
[souffert. »

Sa bouche de martyre ajoute à sa genèse :
« Pour l'âme j'ai lutté contre le feu, le fer,
« Contre l'huile bouillante et l'ardente fournaise,
« Lui préparant le ciel, ce séjour sans hiver.

« Quatre siècles durant, on me traque, on me nie ;
« Sous terre je descends pour fuir la tyrannie
« Qui du sang de mes fils m'oblige à me nourrir.

« Vous fûtes, par mes soins, engendrés à la vie! »
Depuis, mourir pour vivre est le sort qu'on envie,
Elle, n'ayant vaincu qu'à force de mourir.

Pourquoi tout est beauté dans la nature

Si, belles sont les fleurs, c'est qu'elles sont dociles
Sur le sol nourricier à Dieu qui les créa.
Par cette œuvre d'amour, sa main se récréa,
Nous la tendant, il rend tous nos devoirs faciles.

L'homme, sans Lui, se livre aux actes imbéciles :
« Il nia le Seigneur, contre Lui maugréa. »
Ce travers de Raison jamais il n'agréa
Le Maître de nos jours et de nos domiciles.

Nous nous enlaidissons au contact des erreurs
Nous séparant de Dieu, causant tous nos malheurs ;
C'est aux plantes, aux fleurs arracher les racines.

Pour germer et fleurir tout être a son milieu ;
On vit sans charme et peu, grâce à des officines
Où le savoir humain prétend remplacer Dieu.

Les échos sacrés

Les sons qui frappent l'air, l'écho nous les renvoie,
Il est le signe vrai de la fidélité ;
L'obstacle l'arrêtant dans sa modalité,
Il retourne à sa source avec douleur ou joie.

Sur la terre d'abord, la voix du ciel flamboie
Et pénètre les cœurs non de banalité
Mais de sons répétant : Spiritualité !
Du prêtre ils vont au peuple, à Dieu par même voie.

Grâce aux échos, l'Eglise, à l'âme offre son feu,
Lui jetant en tout temps, cris du firmament bleu
Où l'on est ramené par sa sainte Parole !

Ne résistons jamais à ses sages conseils.
Eglise, que ton cœur et nos cœurs soient pareils ;
Empruntons aux échos leur magnifique rôle.

Le Naufage du « Général-Chanzy »

Des fauves réjouis, acharnés sur leur proie,
Les échos de la mer sont les rugissements ;
Ses triomphes fameux sur tant de bâtiments,
Au loin, entendez-la, célébrer avec joie !

A travers les rochers élevés qu'il côtoie,
Où l'ont poussé les flots, affreux déchirement,
Le « Général-Chanzy » subit en un moment,
Sa carêne s'entr'ouvre, il est blessé, tournoie !

La vague furieuse y pénètre en hurlant,
Englouti corps et biens, les lames déferlant,
Elles semblent chanter sur les morts leur victoire !

Tu vois, humanité, ce que sont tes efforts
Contre les éléments qui, comme Dieu, sont forts,
Plus tu veux faire grand, plus lugubre est l'histoire.

La Pénitence est nécessaire

L'homme qui ne réduit son corps en servitude
Deviendra le jouet de grossiers appétits,
Parce qu'êtres déchus sont faibles et petits,
Entraînés par le poids d'un fond de turpitude !

Ils ne remontent pas les torrents, d'habitude,
Ils descendent plus bas ; on ne les ralentit
Que lorsque sur leurs cours des digues l'on bâtit,
D'un effort courageux, exempt de lassitude.

Il suffit d'employer vos dons, Dieu de bonté :
A la divine grâce unir la volonté
Et trancher dans le vif de l'humaine tendance !

Entendons cet appel dominateur des flots
Qui nous dit de nourrir de regrets, de sanglots
L'âme, dans un travail d'amour, de pénitence !

La musique est un art immortel

On manquerait d'un sens, n'aimant pas la musique,
Car elle fait vibrer nobles, doux sentiments.
Sur l'animal, l'effet n'en est-il pas magique ?
Orphé vainquit Cerbère ; on charme les serpents.

Son œuvre est à la fois et morale et physique.
Lorsqu'on connaît sa source, oh ! point d'étonnement.
Elle nous vient du ciel, source la plus antique ;
Sur terre l'on n'entend qu'un faible bégaiement.

Les arts seront là-haut sans objet, créatures ;
On ne parlera plus de tableaux, de sculptures ;
L'architecte n'a pas à construire des murs.

De la religion, la sœur c'est la musique,
Le charme des élus. Elle est au ciel classique
En *sanctus* éternels, angéliques et purs.

Rigueur et indulgence

On ne voit chez autrui que défaut, négligence,
Au sujet des devoirs que l'on devrait remplir.
Rigides Procureurs s'efforcent d'établir,
Au nom de la justice, un droit à la vengeance.

Quand il s'agit de nous, nous sommes l'Indulgence
Transformant nos travers en vertus, sans faiblir ;
On prend un soin jaloux de vanter, d'anoblir
Sa personne et son nom jusqu'à l'extravagance,

Sans abolir pourtant responsabilité
Avec des jugements faits d'inégalité ;
Nous serons devant Dieu, nous, et non pas un autre.

Au regard de ce Juge, il faut manifester
Ce que nos actions ne cessent d'attester ;
Le premier des devoirs, c'est d'accomplir le nôtre !

Les Yeux

Le trait de vie, en nous, est dans les yeux si beaux,
Où, sans effort on lit la parole, le geste. —
Ne rappellent-ils pas les astres, ces flambeaux
Reflets sacrés, divins, à la voûte des cieux ?

Quand les yeux sont fermés, nous sommes des tom-
A part la froide mort, rien ne s'y manifeste. [beaux;
Leurs feux se sont éteints; corps, tombez en lam-
                                                    [beaux !
Cessant de voir, d'agir, c'est là ce qui nous reste.

O Créateur, pourquoi les auriez-vous placés
Regardant les sommets, aux fronts ridés, lassés,
S'ils n'ont aucun espoir ? Cela n'est pas possible !

Le peintre-sculpteur met des yeux qui ne voient rien
Au marbre sans pensée ; à Dieu seul, le chrétien
Doit des regards de foi rendant le ciel visible !

La vraie charité remédie à la misère

Nous entendons gémir devant tant de misère,
Que l'on voit tourmenter la pauvre humanité !
Il n'est pas un hiver, où la presse n'insère :
On offre aux affamés pour pain : bals, vanité !

D'autres veulent que Dieu soit injuste, sévère ;
On lance cet outrage avec solennité,
Comme pour expliquer l'erreur qui persévère.
Du blasphème orgueilleux montrons l'inanité :

Aux riches Dieu donna les biens de la fortune ;
Ils en ont le dépôt, mais, à l'heure opportune,
Leur devoir le meilleur c'est d'être généreux.

Si chacun parmi nous fait le bien qu'il peut faire,
Larmes, gémissements, charité tutélaire,
Tu les supprimeras, même les malheureux !

On s'abuse en riant

Retiré dans mon coin, dans ce triste et bas monde,
Je m'absorbe parfois en des rêves troublants
Qui semblent, à des yeux, ailleurs, des rêves blancs,
Des roses qu'on effeuille, un bois sec qu'on émonde !

Quel abîme entre nous ! Ma tristesse est profonde ;
Et les discours mondains, rieurs, seraient-ils francs,
Etant avec les miens, hélas ! peu ressemblants ?
Sont-ils d'une autre chair ceux que la joie inonde ?

On s'amuse, on s'égaie, on plaisante sur tout,
Comme si tout était, pourvu qu'on soit debout,
Futile, une opérette, ou bien un vaudeville.

Suis-je une exception dans la commune loi ?
Non, non, chacun souffrait peut-être plus que toi ;
L'humanité qui rit de la douleur est fille !

Le Pater

Nous vous prions, Seigneur, notre Père des cieux !
Que votre Nom Très Saint, tout être sanctifie ;
Régnez, régnez sur nous ; à vous je me confie ;
Divine Volonté, soyez faite en tous lieux.

Aujourd'hui, chaque jour, nourrissez jeunes, vieux,
De votre pain sacré qui, seul, la mort défie,
Donnant à l'âme, au corps, force qui vivifie,
Nous aidant à remplir nos doux devoirs pieux.

Ayez pitié de nous ! Ecoutez nos instances :
Pardonnez-nous, Seigneur, nos nombreuses offenses
Comme nous pardonnons tous les torts des méchants.

Que notre âme jamais au tentateur ne cède ;
Délivrez-nous du mal, mon cœur vous iutercède,
Que votre saint Amour soit la voix de nos chants !

La dernière épave

Quand le ciel s'obscurcit et que le vent fait rage,
Au point que vos efforts sont vains, ô matelots,
Le plus grand des vaisseaux étant jouet des flots,
Ainsi qu'un frêle esquif, d'où vous vient le courage?

Ils sont calmes et forts à deux doigts du naufrage;
Vraiment on les croirait habitants d'un îlot,
Tant paraît assuré le sort qu'ils ont en lot ;
De quelle force donc avez-vous le suffrage ?

Les yeux fixés au ciel, nous attendons d'y voir,
Disent-ils, le secours... On vit, on vit d'espoir !
Des pauvres cœurs humains, c'est la dernière épave.

La Foi, levier divin, a soulevé les monts,
Et l'Espérance aussi nous prépare des ponts
Pour aller de l'abîme au rivage suave !

L'Attente

Quel mot mystérieux que celui de l'attente,
Comme trait d'union entre joie et douleur.
L'impression, pour sûr, est toute différente,
Selon que l'on attend soit ivresse ou malheur.

Attendre un jour joyeux, c'est descendre une pente
Douce autant que fleurie, où se complaît le cœur ;
Sans cesse l'avant-goût nous berce, nous contente,
C'est un bonbon fondant répandant sa saveur.

Mais attendre, prévoir qu'au bout est la tristesse,
C'est gravir un calvaire à petite vitesse ;
C'est se supplicier vingt fois avant la mort.

A chaque jour suffit et son mal et sa peine ;
Ne caressons jamais l'avenir, ombre vaine,
Entre les bras de Dieu remettons notre sort !

La confiance ne se vend ni ne s'achète

Tout s'achète et se vend, même la conscience!
On sert les passions pour un vil intérêt ;
Dans l'espoir du plaisir, à quoi n'est-on pas prêt ?
On appelle au secours l'or, l'argent, la science.

Quelque chose pourtant n'admet pas d'alliance
Avec qui que ce soit, et, ce n'est qu'à regret
Que l'on échangera le plus petit secret
A première rencontre, en toute confiance.

C'est que la confiance, avec juste raison,
Reste un trésor sacré, hors de combinaison,
Qu'on n'achète, ne vend, toujours elle se donne !

Se confier n'est pas une banalité ;
C'est ouvrir cœur, esprit, sa personnalité
A celui que l'on aime, à qui l'on s'abandonne !

Mettons le bonheur où nous sommes

Le bonheur ! Le bonheur ! Oh ! le doux souvenir !
On tressaille à ce mot, il nous donne des ailes
Pour voler vers ce cri, tourment des cœurs fidèles,
Cri d'un trésor perdu qu'on entend revenir.

Ne le cherchons pas loin, sachons le retenir,
Lorsque, le rencontrant, quelqu'un nous le révèle
Comme la fleur fleurit et comme l'agneau bêle.
On le sent, mais qui sait et peut le définir ?

N'est-il pas devant nous, tel un fantôme sombre,
Nous précédant toujours, fuyant, semblable à l'ombre
Que l'on voit devant soi, sans pouvoir la saisir ?

La fleur reste sur pied, l'agneau près de sa mère,
Sans se préoccuper que la vie est amère.
Rester unis, amis, c'est bonheur et plaisir

Fin d'année

Le déclin de l'année est toujours un peu triste !
C'est une année en plus, même une année en moins.
De la fin — voyant naître — en serons-nous témoins ?
Qui le sait ? Qui le peut ? Qu'il parle cet artiste !

L'an mille neuf cent dix vivait hier en touriste ;
D'aujourd'hui, de demain, si je sonde les coins,
Je vois qu'il n'a laissé que vides et besoins.
Je parlerai de lui, pas en panégyriste.

D'ailleurs, que demander au mort dans son cercueil ?
Il resterait muet, ayant trouvé l'écueil
Où tout s'ensevelit dans une dernière heure.

Si l'incrédule dit : il ne reste plus rien,
Il n'en est pas ainsi pour l'âme du chrétien :
Le jugement viendra fixer notre demeure !

Comment prolonger la vie ?

Que la vie est fragile en sa rapidité !
C'est l'ombre qui nous fuit, la goutte de rosée
Suspendue au brin d'herbe, au soleil exposée,
Laissant de son passage un peu d'humidité.

Que reste-t-il de plus que notre nudité,
De nous, lorsque la vie est de mau x arrosée
Et qu'au champ du repos la bière est déposée ?
Sous la terre fouillez ? Horreur ! Putridité !

Un pareil résultat presque au néant nous lie,
A chaque instant la mort règne, nous humilie;
Le puissant des puissants est faible, il est vaincu.

On ne peut enchaîner cette maîtresse cause
Que par l'Œuvre du bien, seul, il est quelque chose,
Attestant après nous, que nous avons vécu !

Une mère au passage du drapeau

Sous mes yeux éblouis, le régiment défile ;
Les tambours, les clairons éclatent dans les airs ;
Les sabres, les fusils, projettent des éclairs.
Quand le drapeau paraît, on dirait qu'il jubile !

Ses plis semblent parler à la foule immobile,
De l'un à l'autre il flotte, ardent, heureux et fier
De dire ses hauts faits d'aujourd'hui, soit d'hier.
Sa vue est au respect, parole d'Evangile.

Une mère est émue, élevant dans ses bras
Son enfant, elle dit sans peur, sans embarras :
« Mon fils, en ce drapeau, vois passer la Patrie ! »

Et l'enfant agitant une toque en sa main,
Criait : « Je te chéris, je te suivrai demain. »
Le fils, la mère avaient la même idolâtrie !

Les effets de la Pénitence

La Pénitence est belle ! elle affranchit les âmes
De l'esclavage impur du sang et de la chair ;   [mes,
Elle commande aux flots, aux tourbillons, aux flam-
Produits des passions, en nous, et non dans l'air.

Mais cet attrait n'est pas pour tous une réclame,
Elle offre un avantage, à beaucoup bien plus cher.
La science nous donne un argument fort clair :
Pénitence et santé, la médecine clame.

Et la nature aussi dit cette vérité :
M'émonder, me vaudra vie et fécondité ;
Mousses, bois morts, gourmands, ne sont que parasi-
                                              [tes.

De même, en nous, le mal, intempérance, excès
Font à notre organisme un funeste procès.
Pénitence aguerrit, nourrit par ses visites !

La voix des naufrages

Le monde entier, au fond des mers a des otages ;
Le monstre les a pris, nous prouvant qu'il est fort.
De ses gouffres profonds aucun jamais ne sort,
Les abîmes d'horreur remplacent les rivages.

Parce que les vaisseaux font sur lui des outrages,
Il veut rendre impuissant, des pilotes l'effort ;
Dans ses flancs affamés, il engloutit leur sort
Et prépare en secret encor d'autres orages.

Ses flots sont devenus de solides liens
Qui retiennent au fond navires, corps et biens :
Trésors, acteurs divers, de chaînes il enserre.

Quel royaume étendu, ce royaume de mort
Où richesses et vie, avant d'atteindre au port,
Tombent dans un silence ignoré de la terre.

Pour la couronne

De tout être créé, la couronne est le rêve !
Contemplez la nature avec sa floraison,
Et les efforts de l'homme à la puissante sève,
Que l'ambition sert jusqu'à la déraison.

Ils ne servent jamais aux pauvres enfants d'Eve
Ces symboles flétris, pour plus d'une saison.
Les couronnes d'un jour, la poussière les grève,
Elles n'auront qu'au ciel immortelle moisson.

De quoi les ferons-nous ? — Des combats de la vie,
Des mérites du Christ, quand la pente gravie,
Triomphants, nous serons parmi les couronnés.

Jetons ces cris des saints : guerre au mal ! guerre au
Amour à notre Dieu ! régnons à son service [vice !
Pour avoir droit au trône, ainsi que nos aînés.

Visite au Cimetière

Sur les tombes, les fleurs sont de l'espoir l'image,
Elles frappent nos yeux, comme au ciel un éclair !
Sur les tombes, leur voix est douce, hors de pair,
Portant aux disparus un cordial hommage.

La prière fait plus en ce pèlerinage,
Elle donne à nos cœurs le pouvoir le plus cher :
Ressusciter l'amour des morts dans notre chair
Par la divine Foi qui fleurit d'âge en âge !

Conversons avec eux, appuyés sur la croix
Que l'on craint, que l'on fuit à cause de son poids.
Par le Christ, faisons-en l'offrande funéraire.

C'est l'entretien pieux qui les fait revenir
Les morts, tout près de nous. Suave souvenir,
Fais-nous suivre en chrétiens le même itinéraire !

Les fêtes de la Toussaint

Les dates que l'Etat par orgueil commémore,
Réclament à des voix faisant autorité
Un appel solennel qui fascine et redore ;
Sans cela, souvenirs sont dans l'obscurité.

Les dates de la Foi durent, brillent encore
Dans l'immortel éclat de sainte vérité
Où paraît, sans pâlir, cette éternelle aurore
Du ciel, séjour de paix, règne de charité.

Les siècles sont passés et l'Espérance dure !
Entendons des élus, de loin, ce doux murmure ;
Nous célébrons demain, fêtes de la Toussaint !

Partout l'humanité se réveille, tressaille ;
Elle regarde en haut, elle se dit : travaille,
Réponds à cet appel qui jamais ne s'éteint.

Travail mystérieux et perpétuel
des quatre saisons

Du tombeau de l'hiver j'ai vu jaillir la vie
Lasse d'être enchaînée à la stérilité.
Quel est l'être vivant dont la servilité
Ne veut rien qu'un linceul ? quel, a-t-il cette envie ?

Aucun ; quand le printemps rend la force ravie,
Au bourgeon, dans la mort paraissant alité,
L'été prête ses feux à leur vitalité
Jusqu'à ce que la fleur, à l'admirer convie.

Et l'automne héritant de cet éclat, sans bruits,
La nature produit de délicieux fruits ;
Le front du travailleur s'en pare et s'en couronne.

Durant ces mouvements aux aspects merveilleux,
L'hiver répand la mort encore en d'autres lieux ;
Ailleurs, on voit fleurir les trésors que Dieu donne.

Exercice de la royauté
de J.-C. sur la Croix

Couronné, flagellé, le sceptre sur l'épaule,
Le trône était de droit à notre Rédempteur
Qui, de nos maux profonds, est le consolateur ;
Les âmes l'ont goûté jusqu'aux glaces du pôle !

Sur son trône sacré, sa royale parole
Ne fut qu'amour, pardon pour bourreaux et voleurs,
A tous, il nous donna sa Mère aux Sept Douleurs ;
Voulant coopérer, elle accepta ce rôle.

Ta mère est là, mon fils, vois, elle te défend ;
Toi, ce fils malheureux, reçois-le pour enfant,
Je veux que notre amour, cœurs, âmes vivifie !

Ah ! comme Saint André disons-lui : Bonne Croix,
Réponds â mes désirs, mon cœur a fait le choix,
De ce trône divin où Dieu nous glorifie !

A l'ambition sénile

Nous devons tous mourir! ainsi qu'un vieux vaisseau
Balotté par les vents, faisant eau dans sa quille
Rentre au port, nous vieillis, rentrons dans la coquillle
Comme le limaçon et comme au nid l'oiseau.

Il n'en est pas ainsi du pauvre vermisseau,
De l'homme ayant les traits, mais que l'orgueil ma-
[quille,
Tandis que par ses coups le temps le déshabille,
Le brise sans effort comme on brise un roseau !

Aussi, quand la tourmente amène sous mes yeux,
Comme un banc de harengs, les vieux ambitieux
Gagnant la haute mer, ardemment, à la nage.

Je les prends en pitié, me disant : Sont-ils fous?
Quelle témérité, mais ils se noieront tous,
Ce sont des affaiblis, déjà vaincus par l'âge !

L'absence de l'âme

L'impitoyable mort terrassant l'Etre humain
Brise les forts; des traits anéantit les charmes!
Voyez le plus beau corps sous cette froide main :
Immobile à jamais, muet, dans nos vacarmes !

Les attraits de la veille ont triste lendemain :
L'œil est éteint, fermé, sans lumière et sans larmes ;
La bouche est close, et tout, d'un froid marmoréen ;
Guetté des vers goulus, contre eux, il est sans armes.

Et cependant, naguère, enchantements de feu,
Vous attiriez vers vous, aussi puissants qu'un dieu ;
C'étaient sur tous vos pas l'étincelle, la flamme !

Aujourd'hui, pourquoi donc inspirez-vous l'horreur?
Etions-nous amoureux des dehors, en couleur ?
Non, non, la cause en est dans l'absence de l'âme !

Leçons de l'hiver

Aux premiers vents d'automne, aux champs sur les
[chemins,
Les arbres dépouillés de leurs fruits, de leurs feuilles
Sembleut gémir, pleurer. Nature, tu t'endeuilles
En voyant dominer la mort dans tes jardins !

Printemps, été, n'ont pu chasser ces lendemains ;
Les produits des moissons, automne tu les cueilles
Pour en vivre et mourir. La mort que tu le veuilles
Ou non, homme éprouvé, fixe tous les destins !

Ne laissons point passer la pauvre feuille morte
Qui nous crie en volant : « Tu mourras de la sorte
Sans graver ses leçons au fond de notre cœur :

« La branche décharnée où j'avais ma soudure
« Te rappelle qu'un jour, ainsi ton ossature
« Doit offrir aux vivants même aspect de terreur !

Euréka

Dieu seul, dont les décrets règlent tous les destins,
Tient en ses mains nos jours ! Nous les voyons se
[fondre
En suivant doucement les si nombreu x chemins
Qui conduisent à Lui. Tout avec nous s'effondre !

Aussi, lorsqu'on me dit : recours aux médecins !
Vieilli, près de la mort, je ne sais que répondre :
Le sort en est jeté, leurs multiples vaccins
Ne pourront réussir, Seigneur, à vous confondre !

Me voici donc soumis à votre volonté,
Content d'avoir joui d'une verte santé,
Avec le pain, le vin et sans autre remède.

Puisqu'il faut s'en aller, je remets en vos mains
L'âme à qui vous donnez d'immortels lendemains.
Je puis dire : Eureka ! beaucoup mieux qu'Archimède.

Le nom de la Vierge Marie

Dès que ton nom, ô Vierge, a frappé mon oreille,
J'entends un chant divin, le murmure des cieux !
Dès qu'il luit devant moi, quel soleil pour mes yeux !
J'admire sa lumière à nulle autre pareille.

A mon cœur, ce doux nom vient rappeler l'abeille
Formant le pur rayon d'un miel délicieux,
Pour adoucir nos maux secrets, silencieux,   [veille.
Broyant nos pauvres cœurs, près desquels ton cœur

Le voile éblouissant d'éclat et de blancheur
Qu'a la route lactée est en Elle, pécheur !
Chemin de pureté gardant des précipices.

Aimer est dans ton nom, il nous ouvre le ciel.
Bonne Vierge Marie, avec toi, point de fiel,
T'aimer, transforme en fleurs peines et sacrifices !

Promenade en hiver

Engourdi, je sortis par un temps de brouillard,
Au risque d'aggraver dans ma poitrine un rhume.
Le soleil se cachait, éclipsé par la brume,
Réservant ses doux feux pour ses fleurs, le gaillard.

Sans le soleil, dit-on, les fleurs sont en retard ;
Presque gelé, mon nez aucun parfum ne hume,
Mais mes yeux sont ravis ! Comme ouatés d'écume,
Je vois arbres, buissons aux cheveux de vieillard.

Quand on veut réfléchir, admirer la nature
Est un charme oublieux de la température,
Même en dépit du froid, on trouve que c'est beau.

Dieu fait des fleurs de tout, de tout ce qu'il nous donne,
En hiver, au printemps, pendant l'été, l'automne,
De l'âme, après la mort, qui n'a pas de tombeau !

La jalousie capable de tout

Un vil crapaud séchait de jalousie,
Parce que tous les soirs, sur son chemin,
Etait un ver luisant. De son venin
Il le couvrait, bientôt l'en rassasie.

D'où te vient donc si sale fantaisie?
Te voir briller, vois-tu, me rend chagrin,
Voilà pourquoi je lance mon purin
Sans me lasser, même avec frénésie !

Oh ! ce ne sont pas là contes en l'air ;
Pour en juger, il suffit d'y voir clair,
On lit ces faits aux pages de l'histoire :

Trahir, tuer, ne sont que faits divers ;
Même des morts, on souille en prose, en **vers**
L'éclat du nom et leur **sainte mémoire** !

Les derniers mots d'un opéré

Sur le point d'opérer un pauvre campagnard
Atteint et menacé d'un cancer à la langue,
Qu'on immobilisait à l'aide d'une cangue,
Le médecin transforme un mot en vrai poignard.

Du paysan ému, morne était le regard ;
L'homme de l'art ainsi l'avertit, le harangue :
Qu'il sorte un dernier mot comme l'or de la gangue,
Vous resterez muet, demain sera trop tard !

Tous étaient anxieux. Oh ! quel sera le rôle
D'une langue jetant sa dernière parole ?
Combien balanceraient entre le zest, le zist !

Affaissé, l'opéré courbe un instant la tête,
Et puis, la relevant fièrement en Athlète,
Il prononce ces mots : Loué soit Jésus-Christ !

Aux partisans de la matière éternelle

Tout se flétrit et meurt dans le bel univers
Que proclame éternel l'orgueilleuse science !
La raison de ce fait, ce n'est pas l'ignorance,
Mais plutôt un besoin de notre fond pervers.

Regardez l'horizon où des **jours** sont ouverts,
Nous révélant le ciel avec la survivance,
Cette gloire à venir, cette forte croyance
Qui garantit les droits et frappe les travers.

Niant le Créateur, vous détrônez le juge,
Mais dans l'éternité que vaut ce subterfuge
Pour des ombres d'hier dont l'acte est survivant?

Ce qui ne passe pas, vous le sentez, c'est l'âme;
Quand tombe la prison de l'immortelle flamme,
Elle vole vers Dieu. Mensonge est le néant!

Passer en faisant le bien

On ne peut contester qu'en ce monde tout passe !
La casse vous attend, vous, les bruyants prôneurs
De force, de santé ! La gloire, les honneurs,
Quand on a fait son temps, n'ont qu'un éclat qui lasse !

Faut-il désespérer, parce que l'on trépasse ?
Attendre que nos glas aient sonnés ces sonneurs ?
A l'œuvre ! Pour le ciel, soyons ces moissonneurs
Qui savent qu'en passant dans son âme on amasse.

Passons avec courage accomplissant le bien.
Hors de là, tout est bruit, la récolte n'est rien ;
L'Eglise nous l'enseigne avec le Divin Maître.

C'est le germe fécond de l'immortalité,
Il nous fera fleurir durant l'éternité ;
Par le bien, glorieux, nous nous verrons renaître !

La force de la tradition

Nos temps troublés, obscurs, cherchent leurs lende-
Dans la perversité : le mal est le mot d'ordre. [mains
On dirait le démon produisant de ses mains
Des œuvres dont le but est toujours le désordre.

Les ruines, hélas ! encombrent les chemins ;
Du mal, les partisans ne veulent pas démordre.
La résurrection, c'est le bien et ses fins ;
Dans l'affreuse agonie ils préfèrent se tordre.

Lorsqu'un roi disparaît, descendant au tombeau,
L'hérédité transmet son sceptre d'or si beau,
Ce cri : Vive le Roi ! sort des mâles poitrines.

L'Eglise en ses pouvoirs puise même vigueur,
Evêques, prêtres morts ont eu leur successeur ;
Le flambeau de la vie est aux saintes doctrines !

On ne vit que grâce à la mort

Que voit-on dans la vie ? Un combat incessant,
Une guerre acharnée et sans merci, ni trêve.
Contre son ennemi, tout être se soulève
Pour vivre à ses dépens, plus fort et plus puissant.

Notre mère nature à chacun fit présent
D'armes pour se défendre et poursuivre ses rêves,
Et l'homme a fabriqué des filets et des glaives,
Il va comme un bourreau devant lui, détruisant.

C'est donc la mort qui fait et qui nourrit la vie ?
A détruire, besoins, plaisirs, tout nous convie,
Et, ce n'est qu'à ce prix qu'on a l'autorité.

Les trônes sont bâtis d'ossements, de ruines ;
Les larmes et le sang sont toujours les bruines
Détrempant le ciment pour la postérité !

La jeunesse est une garantie qui s'use

La jeunesse fleurit sur la tige en hauteur,
Tandis que chez les vieux tout cloche et dégringole.
La voix du vieux tremblant comme un ventilateur,
Met le jeune en gaîté, de l'entendre, il rigole.

Ton tour viendra, le temps rira de toi, farceur.
Qui peut s'équilibrer sur les branches du saule
Aux flexibles rameaux qu'est le saule pleureur?
Notre vie est cela, nous avons tous ce rôle.

J'eus ces réflexions, mort Monseigneur Fiard.
Nous étions là trois cents, bon nombre sur le tard,
Aux crânes dénudés, et quelques jeunes, crânes.

Leur crânerie avait couleur de simple fard,
Nous contemplant rieurs, de leur joyeux regard,
Pensant : pauvres cailloux, pauvres surfaces planes !

La mer, ses charmes
et ses terrifiantes tempêtes

Entouré de la mer calme comme le ciel,
Et dont le pur cristal reflétait les étoiles,
Un vent berceur gonflant tout doucement les voiles,
Je m'endormis... les flots semblaient d'huile, de miel.

Sous ces flots doucereux, que de torrents de fiel !
Ils se sont soulevés ; le firmament se voile ;
Les agrès sont brisés, en lambeaux, cordes, toile...
Quel monstre, est donc la mer, terrible, impersonnel ?

Serais-tu la sirène attirant aux abîmes,
Caressant le plaisir de faire des victimes,
Si chacun de tes flots est linceul et tombeau ?

Je suis la Voix de Dieu, nous dit-elle avec calme,
Des martyrs, des héros trouvent en moi leur palme ;
Sachant souffrir, mourir que leur devoir est beau !

Comment on accueille la mort

Lorsqu'on entend des glas dans les airs retentir,
On dit, si c'est un vieux, c'est la fin des alarmes,
Soit vaincu, soit vainqueur, il dépose les armes ;
Sans effort, ni contrainte, il doit y consentir.

Mais quand un jeune meurt, on semble ressentir
Plus de douleur, de peine, on répand plus de larmes.
Pour un jeune, à vingt ans, la mort a plus de charmes,
Il ne sent pas sur lui les ans s'appesantir ;

Elle le prend debout, sa vigueur lui fait face,
Sa résistance accuse une vaillante race
Qui dans ses fibres sent une âme triompher !

Les fleurs charment les yeux quand notre main les
[cueille,
Beaucoup plus que la tige épineuse, sans feuille
Que l'éclat et la vie ont fini d'étoffer !

La vie d'orgueil

L'orgueil est un convive aux instincts de mangeur.
Avec lui, l'on déjeûne au sein de l'abondance,
L'appétit se traduit par de l'indépendance ;
Dès son premier repas, on sent le ravageur.

Il dîne maigrement, comme tous les rongeurs,
Avec la pauvreté ; dévorant les avances,
Il a diminué trop tôt ses subsistances ;
A dîner, il se voit victime des grugeurs.

Quand est venu le soir, il soupe avec la honte.
L'orgueil inassouvi dit toujours : monte ! monte !
Le crime le séduit pourvu qu'il soit gradé.

De l'orgueil, ce sont là les trois grandes étapes :
Croire avoir tout, et pauvre, à la fin dégradé !
Au banquet de l'orgueil, est-il d'autres agapes ?

Les rayons de la gloire

La gloire, paraît-il, est le soleil des morts.
C'est possible. Pour moi, l'on devient vieille lune
Quand la mort a produit en nous cette lacune
Qui fait de notre vie orchestres sans accords.

On a beau nous compter parmi les grands, les forts,
Astres mis en morceaux sont sans valeur aucune;
A peine avoir été, vaut un noyau de prune.
La gloire et puis mourir sont de bien tristes sorts !

Quel cas font les vivants de la pauvre poussière
Qui, depuis mille ans, gît dans un beau cimetière?
Ils ont bâti dessus les trônes de l'orgueil ;

Ils empruntent leurs noms, leurs travaux, leurs vic-
                                              [toires,
Et les rayons d'en haut, en bas sont des déboires,
Rayons pâlis, éteints au fond du noir cercueil !

La vie bouillonne

La vie ! elle est partout jusqu'au fond de la mer
Où nagent des poissons variés, innombrables ;
Des flots, elle jaillit au domaine de l'air
Où les oiseaux charmeurs ont des chants admirables.

De l'homme, en l'univers, contemplez cet éclair
De vie, aux mouvements puissants, insaisissables.
Et, je ne parle pas des ardeurs de la chair,
Mais de l'esprit, du cœur sources intarrissables.

Dans l'âme, qui ne sent les vivantes pensées
Des chrétiennes vertus, un jour récompensées
Dans la vie éternelle, et non pas en ce lieu ?

Le principe et la fin de tout ce qui frissonne,
Ce n'est ni vous, ni moi ; le savoir l'assaisonne,
Mais, l'unique moteur, le seul Maître, c'est Dieu !

La mort du comédien

Le comédien meurt, que sa mort est affreuse !
Parce que c'est la mort, la mort entièrement.
Du politique, il reste une loi sérieuse,
De l'écrivain l'esprit, du peintre l'ornement ;

Ce n'est pas tout entier que la froide faucheuse
Fait descendre au tombeau les poètes, leur chant,
Par ce qu'il reste d'eux leur vie est précieuse ;
Son règne est moins complet, sans qu'il soit alléchant !

Mais le comédien, n'ayant que voix et geste,
Dès qu'il meurt, tout s'éteint ; la preuve est manifeste
Dans les deux disparus : les frères Coquelin.

Ils enthousiasmaient, et, de leur grand renom,
Ils ne nous ont transmis que simplement leur nom,
Comme le grelot vide est sans son argentin !

La joie n'est qu'une ombre

La joie est l'oiseau bleu qui toujours vole, vole !
Au plumage éclatant, au chant mélodieux.
A l'entendre, à le voir on dit : c'est merveilleux !
Et pourtant rien qui soit plus léger, plus frivole.

Dans le vol de l'oiseau, la joie a son symbole ;
Plumage et chant si beaux pour l'oreille et les yeux
Sont des ravissements qui ne durent qu'aux cieux ;
Ils n'offrent ici-bas que reflets, hyperbole !

L'imprévoyant oiseau voltigeait sans répit,
Quand le plomb du chasseur son vol interrompit,
Sans qu'il pût se fixer, tombant de branche en branche.

La joie est comme lui sans souci du travail,
Mais, qui peut avec elle arrêter un long bail ?
L'arbre flétri devient de la bière la planche.

L'existence de Dieu

Se peut-il, que l'on ait à prouver l'existence
Du Dieu qui remplit tout de son nom trois fois **Saint** !
La voix de l'univers éclate et nous contraint
A croire fermement en sa Toute Puissance.

Mondes, siècles, esprits réclament sa présence,
Répétant à l'envi : Sans Toi, quel être humain
Aurait trouvé la vie ? Oui, tout serait éteint !
Tout s'explique, fleurit, grâce à cette croyance.

C'est vouloir étouffer la voix du sens commun ;
Sans Lui, le néant seul est le lot de chacun.
N'est-il pas nécessaire, autant qu'on le méprise ?

Voltaire répétait au lieu de le tenter,
Si Dieu n'existait pas il faudrait l'inventer.
Nier l'Être Divin, quelle folle entreprise !

On ne perd rien de ce qu'on donne

Nous trouvons importuns les appels incessants !
L'apport renouvelé de soi, de ses ressources,
A fini par lasser les plus compatissants.
N'a-t-on pas vu tarir les abondantes sources ?

Quand des infortunés les malheurs sont constants,
Nous ne saurions serrer les cordons de nos bourses,
Dès qu'un bon cœur entend : ils sont sans pain,
                                          [souffrants,
Il se sent enchaîné, renonce aux folles courses.

Laissez-moi vous citer la parole admirable
D'un homme que le bien trouvait infatigable :
« Ne me reste-t-il pas tout ce que j'ai donné ! »

Oh ! qu'il avait raison. N'est-ce pas la richesse
Que de prêter à Dieu qui fit cette promesse :
Plus on est généreux, plus on est couronné !

En regardant couler la vie

On voit passer les morts au milieu des vivants :
Ceux-là vont au repos et ceux-ci se tourmentent,
Sans pouvoir établir que les premiers nous mentent,
Endormis dans la paix commune aux mécréants.

Il sort de leurs tombeaux des conseils bien prudents :
« Détournez-vous des feux qui souvent vous enchan-
                                              [tent ;
« Ces feux sont des poignards où les mains s'ensan-
                                              [glantent
« Dès qu'on veut les saisir en des rêves ardents ! »

Qui n'a pas constaté par son expérience
Qu'on ne voit pas sa fin aux éclairs de science !
Les cerveaux agités se perdent dans la nuit.

Amis, sur le rocher de Foi, seule espérance,
Formulons ce désir fondé sur la croyance :
Mourir entre vos bras, Seigneur... le reste fuit !...

Le Drapeau et la Croix

J'ai vu flotter au vent ton drapeau, ma Patrie !
Ton nom était suivi de celui de l'honneur,
De ceux des grands combats où brilla ta valeur ;
La terre où tu flottais, de ton sang est pétrie !

Mes genoux ont cédé jusqu'à l'idolâtrie ;
D'autres ont bien donné leur vie avec leur cœur,
De ce beau sacrifice il porte la couleur ;
A son ombre, toute âme, en luttant, est meurtrie.

Devant Celui du Christ que sont ces étendards ?
Les autels, les foyers éclatent aux regards,
Mais dans leurs plis aussi, ruines, mort, carnage !

La Victime qui sauve apparaît sur la Croix,
Et, dans tout l'univers quand on dit : oui, je crois !
Jésus, divin Drapeau, berceaux, tombes ombrage.

Tous les moyens sont bons

Les anciens distinguaient de la vertu, le vice ;
Chacun avait son rang et ses droits reconnus.
Maintenant, les honneurs revêtent les plus nus,
Au détriment du juste, on gave l'injustice !

Des flots berceurs du mal on vante les services ;
Seuls n'en profitent pas les esprits ingénus.
Qu'entend-t-on répéter parmi les parvenus ?
« Croire à des châtiments, c'est être des novices !

« Avoir l'argent suffit ; quant à l'or de la Foi,
Sève du dévoûment, on en rit, et pourquoi ?
Parce qu'on a son ciel dans la noce, où l'on danse.

Grand Dieu, quel changement ! on n'espère plus rien !
L'espoir est remplacé dans l'âme du chrétien,
Par l'unique pensée : On pense pour la Panse !

Les calomniateurs

Lorsque j'entends siffler serpents à calomnie
Autour d'honnêtes gens, dont les fronts couronnés
De vertu sont en butte aux traits d'ignominie,
Et que de mon respect ils sont environnés,

Ils ont de meilleurs droits à ce qu'on leur dénie.
Tandis que l'œil jaloux ne les veut fleuronnés
Ni d'honneur ni d'estime, alors la vilenie
Rend des jugements faux, à dessein erronés.

D'ordinaire, l'on voit les visqueuses chenilles,
Les scorpions hideux transformer en guenilles
Les feuillages plus beaux, ronger les meilleurs fruits.

Le calomniateur pareillement travaille;
Il souille, il dénature et fait cette trouvaille :
Qu'il n'est que vauriens, les vertus sont vains bruits !

Le chien et les courtisans

En pension, chez moi, j'ai souvent un bon chien
Que je croyais fidèle, il était doux aimable
Lorsqu'il était admis à m'approcher à table !
Je me suis aperçu qu'il est tacticien.

D'un bond il était là, caressant, oh ! combien !
On eût dit qu'il jugeait la soupe méprisable.
Quand criait l'estomac à la voix intraitable,
Il s'éloignait bientôt, s'il ne recevait rien.

Larbins et courtisans ont la même manière ;
Tant qu'on peut espérer qu'on a de la matière,
On se met à genoux, on frotte le parquet.

Lorsqu'on est convaincu qu'on ne peut rien attendre,
Ne soyez point surpris de voir ailleurs étendre
Bouche, mains, estomac, convoitant leur brouet.

Qui peut savoir la fin ?

Aux combats de la vie on voit tomber des têtes,
Et, pendant très longtemps les troncs rester debout ;
Des épaves flotter à la fin des tempêtes
Se dirigeant au port... l'espoir est leur atout !

Pourquoi désespérer en assistant aux fêtes?
Celui qui n'était rien, le lendemain est tout !
Qui n'a pas entendu sonner mêmes trompettes
Sur les morts, les vivants, chez nous, un peu partout?

Ils changent si souvent les décors de la scène ;
Tantôt c'est le triomphe ou chute dans l'arène ;
Dénoûment sans appel ne survient qu'à la mort.

De ces grandes leçons, l'ambitieux profite,
Sachant que d'ordinaire on n'arrive pas vite,
C'est par tours et détours qu'il poursuit son effort !

La force de l'exemple

La théorie est souvent sans valeur
Pour remporter éclatante victoire ;
L'esprit l'entend sans émouvoir le cœur
Qui ne répond qu'aux rayons de la gloire.

Quand le sang a donné vive couleur,
Ce n'est plus un mouvement oratoire
Qui vient de l'âme alimenter l'ardeur,
Mais on perçoit les échos de l'histoire.

Importuner par d'incessants conseils,
Etre étranger à des actes pareils,
C'est enseigner sur les marches du temple.

C'est quand on est les premiers au combat,
Qu'on est suivi par quiconque se bat,
Car, rien ne vaut la force de l'exemple !

Des blasphémateurs confondus

Que fait-il votre Dieu dans son repos béat,
Sans souci de vos maux, clame la tourbe impie ?
Ni de vous, ni de nous, il ne fait point état
Il se rit de vos pleurs... et, c'est votre œuvre pie !

Ce nommé Dieu n'est point, c'est un mot, un appât,
Que les prêtres font leur ; que l'ignorant épie
Et proclame, aveuglé, l'unique principat ;
C'est un acte de foi naïf, qu'on recopie.

A des amis dînant, d'impiété grisés,
Par les vapeurs du vin par trop ethérisés,
Voltaire répondit l'heure sonnant la pause :

« Plus j'y pense, messieurs, et moins je puis songer
« Que cette horloge sonne et n'ait point d'horloger » ;
Après l'effet produit qui peut nier la cause ?

La véritable égalité

Au front des monuments s'étale ce mot creux,
Décevant et menteur : Egalité ! — quel rêve !
L'égalité n'est pas. — Qui la voit de ses yeux
Dans ce monde à l'envers où l'orgueil est sans trêve ?

Ce n'est que dans la mort qu'il n'est point hasardeux
Ce mot retentissant, tout passe sous son glaive !
Aussi, comme il est vrai ce trait moyenâgeux :
Un squelette conduit ceux que l'archet enlève,

Jouant du violon, il se sert d'un fémur ;
A sa suite, l'on voit comme formant un mur,
Papes, rois et soldats. Leur dignité périme !

Docteurs et leurs bouquins, la dame et son miroir,
Paysans, ouvriers quand arrive le soir,
Avec tous leurs outils, le suivent dans l'abîme !

Fin d'année et mort d'un cardinal

Lorsque quelqu'un atteint le degré d'Eminence,
On peut dire, à coup sûr, c'est l'heure du départ.
Honneurs et dignités ne sont pour la plupart
Que titres encaissés avec corps déjà rance.

On en fait, il est vrai, signes de survivance ;
Mais qu'importe d'avoir cet éclatant rempart,
Où pierres, lettres d'or, disent : fut-il veinard !
On aimerait bien mieux boire l'eau de Jouvence.

A la fin de l'année on a de ces retours,
Car le temps et la mort, ces voraces vautours
Dévorent, sans pitié, les débris de nos vies.

On dit, avec raison, même des plus ardents,
Quand ils auront du foin, ils n'auront plus de dents ;
Avec les dents aussi, les forces sont ravies !

La vitalité des êtres
est dans la souffrance

Quand on souffre, on se plaint, on se croit inutile,
Hors de la grande Vie aux magnifiques lots ;
Car souffrir et pleurer, répandre des sanglots,
Nous semble répugnant, paraît œuvre futile.

Mais, tu ne sais donc pas quelle leçon utile
Te donne la nature en ses grains aux cachots
De la terre, enfermés, pour nous livrer à flots
Cette puissante vie où tout est si fertile ?

Cette image nous vint par le divin Sauveur,
Dans le sang et dans l'eau jaillissant de son cœur,
Nous ouvrant le chemin vers la gloire immortelle !

Mortels, nourrissons-nous de ce doux souvenir :
Les douleurs du passé fécondent l'avenir,
Et, pour nos descendants, le bonheur en ruisselle !

La souffrance est le langage universel

Etre compris de tous, des petits et des grands,
Des étrangers perdus et des compatriotes,
Des savants éclairés, des pauvres ignorants,
N'est-ce pas l'idéal pour honorer ses hôtes?

La science n'a pas cet élu dans ses rangs ;
Qui pourrait posséder de suffisantes notes
Pour fournir, à propos, les leçons sages, hautes,
Aux malheureux courbés sous la main des tyrans?

Ce n'est pas vous heureux que le bien-être enivre,
Qui n'avez qu'un souci : jouir, vous laisser vivre
En dehors du torrent qui ravine et détruit.

Ceux qui sont éprouvés restent sourds aux harangues !
Celui qui sut souffrir parle toutes les langues,
Console doucement et ne fait point de bruit.

Où s'évapore l'amertume ?

En nous, ne naît que l'amertume !
Du cœur blessé monte ce flot ;
De tout esprit il est le lot,
C'est pour chacun vieille coutume.

Qui n'a pas souvenir posthume !
Avoir souffert, c'est un grelot
Sonnant comme le javelot
A travers l'air qui nous embrume.

Quelqu'un peut-il être joyeux,
Les larmes remplissant nos yeux,
Autant que le cœur s'endurcisse ?

La vie est comme l'eau de mer
Montant tout ce qu'elle a d'amer.
Au ciel, pour qu'elle s'adoucisse !

La rencontre

Est-ce fatalité, de faire une rencontre
Rappelant les filets où tombent les oiseaux?
Souvent et très souvent, nous sommes leurs égaux ;
Cette heure où l'on est pris est marquée à la montre.

De l'invincible attrait, allez donc à l'encontre,
Quand les êtres vibrant dans les cœurs, les cerveaux,
De même sorte, au point qu'ils paraissent jumeaux !
Comment, pourquoi cela, que quelqu'un le démontre ?

On se voit en passant, et les âmes sont sœurs.
Intimement, l'on sent de secrètes douceurs
Qui n'ont d'autres motifs que pures sympathies.

A Dieu qui nous créa, nous devons ce bienfait;
En chacun il a mis ce qui nous satisfait :
Les âmes sont d'instinct éprises, averties!

Où revit le temps passé

Revivre son passé, ne serait-ce qu'en songe,
Est un enchantement que caresse tout cœur
Aimant les souvenirs de joie ou de douleur,
Qui s'y sont renfermés comme l'eau dans l'éponge.

Dans les flots d'autrefois, à nouveau l'on se plonge,
Revoyant son travail, comme le laboureur
Penché sur les sillons y revoit sa sueur ;
La vérité paraît ainsi que le mensonge.

On ne voit refleurir ce que le temps détruit
Qu'à travers la pensée où s'arrête le bruit
Que l'humanité fait, avide de tapage.

Les grands et les petits, les jeunes et les vieux
Ne revivront vraiment leurs jours que dans les cieux.
Dans ce but, écrivons une immortelle page !

Que croire de notre bien, du mal d'autrui ?

L'humanité subit la griserie
Des éloges pompeux, seraient-ils faux ;
Lui déguisant sa propre rosserie,
Elle les prend pour des titres royaux.

Le plus souvent, c'est la chinoiserie
Béatement prise pour des joyaux.
Ah ! gardons-nous de la finasserie,
Qui sur les yeux nous met d'épais bandeaux.

Il faut toujours que la Vérité veille.
Voici, pour moi, ce qu'elle nous conseille,
Pour nous tenir à l'abri des dupeurs :

Tout bien qu'on dit de nous, faut-il le boire ?
Du mal qu'ont dit d'autrui qu'en faut-il croire ?
Moitié suffit, le reste est aux pipeurs !

Monter et descendre et monter enfin, voilà la vie

Comment se démolit le frêle corps humain?
Du développement, dès qu'on arrive au faîte,
On éprouve bientôt dans le pied, dans la main,
Dans les yeux, dans les dents, que va finir la fête.

Que l'on ait sang Gaulois, que l'on ait sang Romain,
Point n'est besoin que souffle une rude tempête,
Il suffit d'ajouter aujourd'hui, puis demain;
Le poids de chaque jour fond sur nous, nous arrête.

Après ce point d'arrêt, chancelle la maison.
Il faut se décider à faire la moisson
De ce qu'on a semé durant toute sa vie.

Séparons de l'ivraie avec amour, entrain,
Ce que l'âme produit, car c'est là le bon grain
Accepté par le ciel, et Dieu nous y convie!

Faiblir aujourd'hui sera faute demain

L'homme est né pour lutter sans trêve ni repos !
Etant un roi tombé, chassé de son royaume,
Davantage il descend dès que son ardeur chôme.
Cet avis, croyez-le, n'est pas hors de propos.

Nous avons l'ennemi dans la moelle des os ;
Ne pouvant l'en chasser, c'est le devoir de l'homm
De le brider ainsi qu'une bête de somme,
Car ses bas appétits mèneraient au chaos.

On s'affaisse, on descend beaucoup mieux qu'on n
                                                    [monte
La faute d'aujourd'hui, si l'on ne la surmonte,
Amène, aggravera celle du lendemain.

Notre pire ennemi, c'est nous, c'est la nature !
Pour nous aider à vaincre, à toute créature,
Le Christ offre son sang et sa puissante main !

Tout pour le bonheur

Le terme vers lequel tend l'énergie humaine,
C'est toujours le bonheur ! Désir, pensée, effort
Ne sont qu'un même flot qui la porte, la mène
Vers ce but caressé pour y fixer son sort.

Quand souffle le bon vent, c'est un beau phénomène !
Les voiles ont frémi, se gonflent vers ce port
Où le bonheur paraît comme dans son domaine ;
L'homme découragé se sent devenir fort !

Le mobile manquant, la voile reste inerte,
Sur la vergue, en longueur, retombe à peine ouverte.
L'âme la mieux trempée ainsi s'affaissera...

Le flot des appétits vient mourir sur la rive,
Où le bonheur rêvé nous attire et nous rive,
Parce que tout tourment alors s'apaisera !

Où est le repos ?

Le repos, c'est jouir du fruit de son travail.
Mais l'avoir, le goûter, reste ici-bas un rêve,
Dans luttes et malheurs l'homme épuisant sa sève,
Sa fin, c'est le repos qu'obtient le vil bétail.

Le noble et vrai repos, sans cet épouvantail,
N'est pas en une vie errante, étroite et brève,
Qui n'est qu'un lourd fardeau dont la mort nous dégrève
Le repos n'est goûté que rentrés au bercail.

A ce bercail promis l'on entre par la tombe,
Comme feuilles et fleurs, l'homme lui-même y tomb
Avec tous ses travaux dominés par la croix.

Sur eux, fleurs de vertu, notre avenir se fonde,
Aux tombeaux des chrétiens gît poussière féconde.
Au repos éternel! Ame entend cette voix!

Soyons vieux, jeunes,
c'est durer plus longtemps

Les vieux jettent ce cri décevant et fort triste :
Si vieillesse pouvait !
Les jeunes, à leur tour, font ce soupir d'artiste :
Si jeunesse savait !

Le remède à ces maux, n'est pas un leurre, existe,
Sans qu'on prenne brevet.
Je veux vous dire en quoi notre travail consiste :
Faire ce qu'on devait !

Le temps est devant nous; il est à toi jeunesse,
Uses-en prudemment, toujours avec sagesse
Dans la ville et les champs.

C'est le moyen certain d'être mûrs de bonne heure,
De pouvoir accomplir, en paix dans sa demeure,
Devoirs, vertus, longtemps !

La nature nous dit : nous revivrons !

Quand novembre s'éteint, partout la mort on lit...
Les feuilles ont jauni, les arbres s'en dépouillent ;
Sous le linceul de terre, oui, tout s'ensevelit
En attendant le jour où les germes la fouillent.

Vient la pluie au printemps, le terrain s'ameublit :
Les ronces, les buissons eux-mêmes se dérouillent.
Tout se pare de fleurs, l'univers s'embellit.
Spectacles ravissants, nos yeux charmés chatouillent !

Preuve de survivance est écrite en ces faits ;
Tout avait dû mourir, s'altérer, se dissoudre,
Cette destruction se transforme en bienfaits.

Même travail divin, après notre sommeil,
Doit redonner la vie aux corps réduits en poudre,
Quand l'heure sonnera de l'immortel réveil !

Pourquoi je voudrais être grand écrivain

Si le ciel m'eût donné la plume d'écrivain,
J'aurais voulu surtout de Dieu parler aux hommes,
Car ce but est le seul qui ne semble pas vain,
Quand des bruits et des riens, on résume les sommes.

Notre âme, en sa pensée, est un puissant levain
De devoir, de vertu, lorsqu'au tombeau nous sommes;
Un livre, après la mort, est un acte divin !
Disparaissant, l'on vit, l'on n'est pas des fantômes.

Les lèvres des humains rediraient mes leçons;
Leurs mérites seraient devant Dieu mes rançons,
Je resterais vivant, apôtre séculaire !

Celui dont le chemin n'est ainsi coloré,
Plus vite que le ver, l'oubli l'a dévoré;
Les vents ont dissipé sa cendre trop légère !

L'appui de la Croix
vaut plus que les grandeurs

Vous pouvez éblouir, mais jamais consoler
Ceux qui sentent des maux l'impitoyable atteinte,
Quand mon âme languit, que ma joie est éteinte,
Grandeurs, qui, sous vos lois, m'offrez de m'enrôler...

Et la croix, dont ces lois tentent de m'isoler,
Parce que, dites-vous, trop dure est sa contrainte,
M'attire dans ses bras où s'apaise ma plainte ;
Près d'elle, on peut toujours gémir, se désoler.

Elle me sert d'appui ; là, le Dieu Bon m'écoute ;
Le courage renaît, se dissipe le doute
A l'ombre de la Croix au lumineux pouvoir.

Quand épuisé l'on tombe aux chemins de la vie,
Que la pente ne peut, par nous, être gravie,
Sur Elle on peut s'étendre en attendant l'Espoir !

N'achetons pas le bonheur, faisons-nous le

Le marchand de bonheur ! qui veut en acheter ?
A ce cri l'on répond : il est encore à naître,
Celui qui croit pouvoir nous le faire connaître,
Même le retenir sous pains à cacheter !

Vous ne dites pas vrai, car sans le crocheter,
Mis sous clé, du bonheur chacun de nous est maître.
Lorsqu'on peut le produire, on peut se le promettre ;
C'est ce que Jésus fit venant nous racheter.

Le Bien fait le bonheur ; est-il meilleur ouvrage ?
Est-il plus sûr moyen de nourrir le courage ?
De Dieu l'on a le rôle en un trop court instant.

Les chocs les plus brutaux de la misère humaine,
Qu'ils viennent de l'amour, qu'ils viennent de la haine,
Ne peuvent entamer le Bien, bonheur constant !

Épilogue

Dans ces envols tant de fois répétés,
Où j'ai suivi les élans de mon âme,
Comme l'œil suit ravissante oriflamme
Flottant au vent, voyez des traits jetés !

En moi d'abord, ils furent reflétés
Sans ordre aucun ; absence de programme.
De la Vérité seule, ils ont la flamme,
C'est dans son feu qu'ils se sont complétés.

Fendant les airs, pénétrant les nuages
Amoncelés comme des tatouages,
Qu'ils n'aient l'éclat que du Bien et du Vrai.

Puissent vos cœurs, malgré les vaines ombres,
Fixer vos yeux plus haut que nos jours sombres
Qui, par l'erreur sont barbouillés de Brai !

ERRATA

TABLE DES MATIÈRES

Montauban. — Imp. PRUNET, rue Porte-du-Moustier, 4.

MONTAUBAN. IMPRIMERIE PRUNET.